悪役令嬢に転生したけど、婚約破棄には興味ありません！

～学園生活を満喫するのに忙しいです～

登場人物紹介
CHARACTERS
アドルフ
二年Aクラスの生徒会長。
エルグラン王国の第一王子で、
フランの婚約者。
天才肌だが、好きな子には
素直になれない一面も……
フランソワーズ
一年Eクラスの公爵令嬢。
頭を打って自分が乙女ゲームの
悪役令嬢だと思い出した。
前世は病弱で学校に
通えなかったため、
今世は学園生活を満喫したい。

オリーブ
一年Eクラスの大人しめ女子。
ローズと同じ孤児院出身。
アルマン
一年Eクラスの騎士志望の男子。
お調子者のバンジャマンと
よくつるんでいる。
シルヴァン
中等部の腹黒第二王子。
フランのことを実の姉のように
慕っている……？
メラニー
一年Eクラスの男爵令嬢。
フランと同じ転生者で、
ゲームを熟知している。
フランの断罪回避の協力者。
ローズ
一年Aクラスのゲームヒロイン。
癒しの魔術が使える聖女で、
孤児院出身だが
男爵家の養女になった。

――ガツンッ！

大きな音が辺りに響き渡る。

私と将来の義理の弟、シルヴァン第二王子が思いっきり頭をぶつけた音だ。そして、なんとその時に私の頭の中に凄《すさ》まじい量の記憶が流れ込んできたのだ。

あまりのことに、私はそのまま意識を失ってしまった。

私はフランソワーズ・ルブラン。ルブラン公爵家の令嬢で、この四月からは王立学園の高等部に入学する十六歳だ。

ここ、エルグラン王国の人口二千万人のうち、〇・一％未満の貴族の中でも最高峰の立場にいる。ものすごく恵まれていると思う。

その私がなぜ、ヴァン――シルヴァンと頭をぶつけたかというと、王宮の屋内でヴァンと剣術の稽古をしている時に、落ちていた紙に足を滑らせてしまったからだ。それだけならば転ぶだけだったのだが、慌てたヴァンが私を受け止めようとして前に出たところ、私が転ぶまいと浮遊魔術を使って、私の頭とヴァンの頭がもろに衝突してしまった結果だった。

か弱い私はその衝撃で気を失ってしまったのだ。

いや、違う！　頭をぶつけるくらいならいつものことなので、びくともしない。

熱を出したのは、前世の記憶が大量に私の頭に流れ込んできたからだ。その記憶量が多すぎたので知恵熱を出して、三日間も寝込んでしまった。

自慢じゃないが、私は熱を出した経験がほとんどなくて、こんなことは初めてだった。

王宮で倒れたので、父や母も慌てて飛んで来て大変だったと後で聞いた。

でも、私の頭の中はそれ以上に大変だった。


話すと長くなるが、前世、私は日本という国に住んでいた。

そこでの記憶は十六歳までしかない。病弱だったようで、流行病にかかってあっさりと死んでしまったらしい。前世で病弱だったから、逆に今世は健康体なのだろうか？

思い出した記憶の中で、フランソワーズ・ルブランという私の名前がどうしても気になってしまった。日本での名前は全然違うし、外国の友人もいなかったはずだ。でも、何かが引っかかる。

それに、鏡に映るこの顔も、どこかで見たことがある。

きつそうな目元、肩につかないくらいのストレートの金髪、碧眼……

「あああ！」

思い出した。そう、私、フランソワーズ・ルブランは、超有名な乙女ゲーム『エルグランの薔《ば》薇《ら》』の悪役令嬢で、これでもかと言うほど聖女を虐《いじ》めて断罪されるのだ。

もっとも、私は主人公の聖女がフランに虐《いじ》められて自殺させられるところからいくらやっても進めないので、怒って止めてしまったのだが……

「うっそー！」

「義姉《あね》上！」

私の大声を聞いて、慌ててヴァンが駆け込んできた。

「大丈夫ですか？」

心配そうに見てくるが、まさか部屋の外で待機していたのだろうか？

時計を見たけど、もう真夜中なのに。一臣下が倒れたくらいで王子がずっと傍にいる必要はないだろう!?

「ああ、ごめん。ちょっと変な夢を見ていて。あなたこそ、もう遅いから部屋に帰って寝なさい」

私は外に詰めてくれていただろうヴァンに言った。

「いや、でも、義姉《あね》上を傷つけたのは俺だから」

「何言っているのよ。あんなの不可抗力よ」

暗い雰囲気のヴァンの言葉を私は笑い飛ばす。

「そう言ってもらえると嬉しいんだけど、本当にごめん」

「気にしないでいいわよ」

転んだのは私だし。

まあ、王宮内で稽古したことを後でじっくりと怒られるのは確実だったが……と言うか、そもそも王宮の屋内で剣術の稽古をすること自体がおかしいのだ。公爵令嬢のやることではない、といつも礼儀作法のフェリシー・ローランド男爵夫人や王妃様に怒られている。

「義姉《あね》上、もし、今回の件でどこか変になっていたら、俺が一生面倒見るから」

真剣な顔でヴァンは言ってくれた。

「何言っているのよ。私に何かあったら、婚約者のアドに責任取ってもらうわよ。もっとも、お見舞いには来てくれていないけれど」

ヴァンはずっとそばにいてくれるのに、婚約者が一度も見舞いに来ないってどういうこと？　今度、嫌味を言ってやろう。

私は決意した。そう、公爵令嬢の私は第一王子のアドルフの婚約者なのだ。

あの馬鹿は私がいないのをこれ幸いと、また遊び回っているに違いない！

「義姉《あね》上、あんな兄貴なんて捨てて俺に乗り換えてよ」

「はいはい、もう子供は寝ている時間よ」

「……もう俺は十四歳で、大人だって言うのに」

ヴァンが精一杯背伸びして言う。そう言うことは私の身長を抜かしてから言ってほしい。そう言ったらまた怒るから言わないけれど。まあ、ヴァンは私にとって、実の弟のジェドと並ぶかわいい弟分だった。

☆

なんやかんやで春休みも終わり、今日は王立学園の高等部の入学式だ。

春休みの間、私はゲームの悪役令嬢に転生してしまったことについて、どうしようかと悩みまくった。

……私なりに。

そう、一応は私なりに頑張ったのだ。でも、ゲームは途中で嫌になって止めてしまったし、内容が良くわからない。

私は頭を抱えてしまった。こんな風になるならもっとちゃんとゲームをやるべきだった、と後悔したけど、今更どうしようもなかった。

確か、ゲームのフランは聖女を虐《いじ》めて断罪される。聖女が私の婚約者である第一王子、アドルフと仲良くなって、それに嫉妬して虐《いじ》めるのだとか。

でも、そもそも私は積極的にアドと結婚したい訳ではない。王妃教育はかったるいし、特に礼儀作法の授業が最悪だ。首を曲げる角度がどうとか、本当にどうでも良い。それよりは余程、騎士団に入って戦っていた方が良い。

あの馬鹿王子の面倒を見るのも疲れたし、聖女にのしを付けてあげたいくらいだ。というか、アドと聖女がくっつくなら、礼儀作法の授業をもう受ける必要はなくなる？　それって私にとって最高のことではないだろうか？　絶対にその方が良い。

そう考えて、私は何もしないことにした。そんなことを考える時間がもったいない。

せっかく、今世は健康なのだ。前世は病気でほとんど学校に通えなかった。今世こそ、友達をたくさん作って、有意義な青春を満喫してみせる。

そのためには、礼儀作法にうるさい貴族令嬢たちの中にいるよりは、正直で人の好《い》い平民の中で学生生活を送った方が、絶対にいいはずだ。

中等部には貴族しかいなかったが、高等部からは平民も入ってくる。王立学園は建前で身分の平等を謳《うた》っているが、基本的なクラス分けは子爵以上の生徒がAクラス、男爵家の生徒がBクラス、CからEクラスが入試の成績順の平民クラスになっていた。

公爵家の権力と、今まで培《つちか》ってきたコネ、事務処理能力の高いヴァンの力を借りて、『王立学園在学中は身分に関係なく平等である』という初代国王陛下のお言葉を盾に、私は強引に自分を平民のEクラスに組分けさせた。

学園長は最初は渋っていたが、ヴァンが二言三言ささやくと、青くなって認めてくれた。ヴァンはいったい何を言ったのだろうか？

全員が制服を着ているので、公爵令嬢と言えども見ただけではわかるまい。

前世は身分制なんかなかったし、私は平民に対する偏見なんか全然無い。良い子がいたらどんどん友達になろうと、私は意気込んで入学式に挑んだ。

入学式は自由席のようだったので、わざと最後の方に行って適当なところに潜り込むことにした。

前もって座っていて貴族の子たちに見つかったら、公爵令嬢だと周りにわかってしまう。それで平民の子に避けられたら嫌だもの。

青い髪の女の子と赤い髪の女の子の間が空いている。三人揃えば青黄赤で信号機みたいじゃない！

「すみません。ここ、空いていますか？」

「ええ、空いていますよ」

青い髪の女の子の方が取っつきやすそうだったので、その子に声をかける。

そして座ろうとした時だ。横の赤い髪の女の子が驚いたようにこちらを見た。

「なんで悪役令嬢が」って言っていたように思うのだけど、気のせいだろうか？

……ここでこの子に話しかけるのは得策ではなさそうだ。

再び、もう一人の青髪の子に話しかける。

「私はフランソワーズ。フランって呼んでね。あなたは？」

「私はノエル・ハーベイ。よろしくね」

よし、これでもう絶対に敬語は使わせない。私の身分をバラしたら国外に飛ばすと、先生たちにも釘を刺しておいた。これでうまいこと行くはずだ。絶対に。

「あなたは？」

そのままの勢いで赤い髪の子にも言う。そう、勢いが大切なのだ。

「私はメラニー・バロー、男爵家の者です」

私は思わず、舌打ちしそうになった。なんで敬語でしゃべるの？　せっかくフランクに話しているのに！　それに爵位を言うなんて！

「えっ、あなたの家、バロー商会を経営しているの？」

しかし、ノエルは別のところが気になったみたいだ。

「そうだけど……」

「すごいじゃない！　今、庶民に人気の化粧品とかを売り出しているバロー商会でしょ！」

「ええ、まあ」

「えっ、何々？　バロー商会ってそんなに有名なの？」

私は良くわからないので聞いた。入学したらしばらく王妃教育が中断されるので、その集中講義が忙しくて最近は情報を集められていなかったのだ。特に礼儀作法の授業が！

「王都ではすごく人気なのよ」

「そうなんだ。今度案内してよ！」

遊びに行くいい口実になるわね、と内心私はほくそ笑む。

「えっ、いや、あなたは……」

「メラニー、よろしくね」

メラニーが余計なことを言いそうになったので言葉をかぶせた。

「わかりまし……」

「私のことはフランって呼んでよ」

メラニーが敬語で話そうとするのを、強引に握手して直させる。

「フラン様」

「フラン！」

「えっ、でも」

「学園は全て平等なのよ！」

私は自信満々に言いきった。

「それよりも、私たち三人揃ったら青黄赤で信号機みたいじゃない？」

メラニーは私が言った瞬間、こいつ馬鹿じゃないのって目で見てきた。何よその目は。

でも次のノエルの一言で私は失敗を悟ったのだ。

「信号って何？」

そうだった。この世界には信号がないのだ。私はすっかり忘れていた。

「えっと……」

私がどう言い訳しようかと必死に考えようとした時だ。

「皆さん、静粛《せいしゅく》に！」

先生の声で助けられた。

しかし、壇の真ん中に立っていたのは見たくもない、フェリシー・ローランド男爵夫人だった。

「げっ！」

なぜ彼女がここにいる？　王宮の礼儀作法の先生なのに……

「皆さんは紳士淑女なのです。静かにするべき時にはしなさい。特に一年生。今年は一年生の中には第一王子殿下の婚約者もいらっしゃるのです。恥ずかしくない礼儀作法で生活するよう、よろしくお願いしますね」

あのばばあ、嫌味ったらしく……！　どうせ、私の礼儀作法はひどいですよ！

私はフェリシーを睨《にら》み付ける。許されるなら思いっきり舌を出したかった。そんなことをしたら後が怖いので止めておいたが。

メラニーは呆れた顔をして私を見ていた。

絶対にこいつは何か知っている。信号にも動じなかったし。後でじっくりと問い詰めねば！　と私は決心したのだった。

それからの入学式はとても退屈だった。学園長の長ったらしい話の後は、生徒会長が壇上に上がった。

「きゃああ！　殿下よ！」

「第一王子様だ……！」

「アドルフ様！」

女生徒たちが黄色い声を上げる。

そう、生徒会長は婚約者のアドルフだった。こいつは見た目だけは麗しいのだ。見た目だけは。

しかし、私と言う婚約者がいながら、女と見るとすぐに声をかける女たらしだし、婚約者としては最悪だった。でも女はその見た目に騙されるのだ。

私も最初は騙されたもの。

それに、アドは腹黒だ。何度こいつに嵌《は》められたことか。

礼儀作法の授業をサボろうとしたらチクられて時間が倍になったり、王妃様が苦手だとぽろりと零《こぼ》したら、それが十倍くらいに大げさに伝わってお茶会の時間にブツブツ言われたりと、それはもう大変だった。

だから、アドの前ではできる限り本音を言わないようにしている。

見た目だけは良いからいろんな女がキャーキャー言っているが、現実は違うわよと声を大にして言いたかった。

「新入生の皆さん。この学園に入学おめでとう」

アドが話し出すと、皆、目を輝かせて話を聞き出した。どの道こいつのことだから、どうやったら女の子に受けるかしか考えてないのに。

「この学園に入学できたということは、皆さんは今後この国を支えてくれる重要な人物であるということです。自分に自信を持って下さい。そして、外に出れば身分の差というものもあるかもしれませんが、この学園の中では皆平等です。貴族の方も平民の方も、ここでは平等なのです」

えええええ！　こいつもたまには良いことを言うじゃない。私は少しだけアドを見直した。

「そんなの建前よ」

隣のメラニーがボソリと言った。小さな声だったので、聞こえたのは私だけだろう。

そうか、建前なのね。危うくまた、騙されるところだったわ。

頷いた私を見て、メラニーは胡散臭《うさんくさ》そうな顔をしている。

私は日本にいたから身分なんてあんまり気にしていないんだって……そう言いたかったが、皆の目があるのでここでは言えなかった。


その後はクラス毎《ごと》に教室に移動した。私は平民のEクラスのはずだ。

しかしだ。私の左横にオーレリアン・ブルボ子爵令息がいる。

えええええ！　こいつ、王子の側近の一人じゃなかったっけ？　なぜこいつがここにいる？

オーレリアンは微笑んでこちらに会釈《えしゃく》してきたが、私は無視することにした。

後ろはメラニーで、右横はノエルだ。前はがたいの良い男がいた。おそらく騎士を目指している。

「あなた、体格良いわね」

私は早速前の男に声をかけた。左横と後ろの視線が痛いような気がするが、無視だ。

今世では、前世でできなかった青春をするのだ。そのために転生してきたのだから、と私は勝手に思うことにした。

「えっ、そうか？　まあ、俺は一応、騎士を目指しているから」

「ふーん。そうなんだ。でも、なぜ、騎士学校じゃなくてこの王立学園なの？」

「剣聖と呼ばれているクレール・デュポア様がこちらで教えられているって聞いたから、こっちを選んだんだ」

「ああ、クレール様ね」

嫌な名前を聞いてしまった。このクレール、剣の腕は最高だが性格が悪いのだ。なぜか私の剣術の師でもあって、いつも立ち上がれなくなるまで叩き潰される。女だからって一切手加減してくれない。まあ、それは良いんだけど……

「お前、クレール様のことを知っているのか？」

「名前だけ聞いたことがあるのよ。私、フラン。よろしくね」

「俺はアルマン・ルールだ。父親は騎士をやっている」

私の自己紹介に、アルマンは普通に返してくれた。よし、ここもうまくいった。

「へえ、そうなんだ。どこに所属しているの？」

「知っているかわからないけど、中央騎士団だ」

「えっ、それって、ルール第一騎士隊長のこと？」

結構強い騎士だったはず。二、三回手合わせしたことがある。その息子か。なんか関係者の子息が多いんだけど。

「お前、親父を知っているのか？」

アルマンは喜んで聞いてきた。

「えっと……名前を聞いたことがあるだけよ」

私は笑って誤魔化した。

「そうか。親父ってそんなに有名だったんだ」

アルマンが感動している。

「誰から聞いたんだ？」

「えっ、父だったかな」

私は突っ込まれて適当に答えた。これが失敗だった。

「フランの親父さんは何してるんだ？」

「王宮に出入りしてるんだけど……」

アルマンの問いに私は口を濁す。

「商人か何かか？」

「良くわからないのよね……」

困った。細かい設定までは考えていなかった。

「お前、それは親に失礼だろう」

確かに、普通は親の職業くらい知っているはずだ。私は少し青くなった。

「あ、あなたね……！」

アルマンの声に、その前の席から女生徒が怒りの声を上げた。

えっ、ジャクリーヌ・シャモニ伯爵令嬢!?

「あああ！」

私は慌ててジャクリーヌに駆け寄ると、低い声で警告する。

「良いこと。私が公爵令嬢だとは絶対にばらさないで」

「は、はい」

「よろしくね」

戸惑うジャクリーヌににこりと不敵に笑うと、私は席に戻った。

なぜかオーレリアンとメラニーが頭を抱えている。私は知っている高位貴族は無視して、いや、脅して黙らせて、必死に平民の友達を作る努力をしたのだった。

しばらく経つと、教室に体格のいい先生が入ってきた。ゴリラに似ていると思ったのはここだけの秘密だ。

「みんな、おはよう！」

「「おはようございます！」」

さすがに一年生。元気が良い。一番声が大きかったのはおそらく私だが。

「ん、元気だな。元気が良いのは良いことだ」

と言ってクラスを見渡しつつ、なぜか私を見てぎょっとした顔をするのは止めてほしいんだけど。

元々、私がいるのは知っているはずだし。なぜ、驚く？

「今日から一年間このE組の担任をすることになったベルタンだ。科目は魔導実技を教えていて――」

それからしばらくはこの学園の注意事項が続いた。

こういった説明って退屈よね、と私が大きな欠伸《あくび》をした時だった。

もろに担任と目が合ってしまった。

さすがにやばい。

「そこ、そんなに退屈か？」

「いえ、そのようなことは……」

私の誤魔化しに、担任は更に何か言いたそうだったが、私の地位を考えたのか首を振った。

「まあ、つまらん説明はここで終わる。次は順番に自己紹介をしよう」

先生は笑顔で皆を見渡す。

「じゃあまず俺から、名前はアラン・ベルタン。花の独身三十歳だ。現在嫁さん募集中。一応、親は男爵だが、三男なので爵位を継ぐ予定はない。職業は教師なので収入はある程度はある。皆のお姉さんで婿探ししている人はぜひとも紹介してほしい。以上」

なんとも型破りな自己紹介だ。これで皆は緊張が解けたのか、ほっとした空気が流れる。

私はメモを取り出した。ここで話していたことがきっかけで友達になれるかもしれないし、しっかり覚えておかなくちゃ。

なんとしても、早死にした前世の分まで今世は青春をエンジョイするのだ。

「私はオリーブ・アルノーといいます。よろしくお願いします」

次の子は先生とは正反対で、とても大人しそうな緑の髪をした女生徒だ。頭を下げるとそのまますぐに座った。

座る時に私をチラッと見た気がしたんだけど、なんでだろう？　知り合いではないはずだし。

そのまま、次々に自己紹介が続いていく。

「私はジャクリーヌ・シャモニ、伯爵家の令嬢です」

自分で令嬢って言うか？　と突っ込みたかったが、余計なことを言うとバレるので黙っていた。こいつは私のことをバラしかねない。

「Eクラスなんてどうなることかと思いましたけど、皆さんとご一緒できて嬉しいです」

最後は私を見てニコリと笑った。

ええい、無視！　ハイ次の人。

というか、ここは平民の中でも一番下のEクラスなのに、私以外にも貴族が半分くらいいるのはなんでだろう？

「俺はアルマン・ルール。父は中央騎士団で騎士をやっていて、自分も将来騎士を目指しています。俺も先生と一緒で彼女募集中です」

私の前のアルマンが自己紹介した。元気があってよろしい。

中等部は貴族しかいないから腹の探り合いみたいな自己紹介で面白くもなんともなかったけれど、平民が多い高等部のEクラスは、結構バラエティに富んでいる。

さて、私の番だ。

「名前はフランソワーズで、フランって呼んでほしいです。父は王宮に出入りしています。勉強は苦手で、できたらやりたくないです」

そう言って笑うと、皆も笑ってくれた。よし、笑いを取った。

「この学園では思いっきり青春をエンジョイしたいです。ちなみに私も先生とおんなじで彼氏募集中です」

こう言ってニコっと笑うと、半分くらいの男の子がこっちを呆けて見てくれた。

いくつかぎょっとした目も向けられたが、人が寝込んでいるのに見舞いにも来なかった婚約者なんか知ったことではなかった。


昼食はメラニーたちと大食堂で取ることにした。

メニューを見ると、今日のB定食は魚のムニエルだった。私はそれにする。デザートのプチケーキに釣られたというのもあるが。メラニーとノエルは肉のA定食だった。

「このSってすごくない⁉」

「……本当ね」

ノエルがその横のスペシャルメニューを指して言った。十倍くらいの値段のフルコースだ。こんな食堂でフルコースを食べてどうするんだ。

「何でも、今年からできたみたいよ。貴族食堂のメニューの一部をこちらでも提供するようにしたんですって」

なぜか意味深に私を見て、メラニーが言う。えっ、私のせいだって言うの？

貴族には寮の上の階に専用の食堂が用意されている。学園皆平等を標榜《ひょうぼう》する割には貴族専用食堂があったり、貴族の部屋が豪勢だったり、偏りがあるのだ。

「そうなんだ。こんなところに出しても食べる人なんていないのにね」

何も知らないノエルが笑って言う。

「本当よね」

私も当然とばかりに頷いたんだけど、メラニーが変な顔して見てくるのは止めてほしかった。

「うーん、美味しい」

メラニーの視線を躱《かわ》し、私は定食に舌鼓《したつづみ》を打つ。平民の食堂でも、美味しいものは美味しいのだ。

「あんた、変な令嬢よね」

私を見てメラニーがボソリといった。

「えっ、フランってやっぱりお貴族様なの……？」

ノエルが驚いて言った。

「違うわよ。貴族の娘は女の子のことを令嬢って呼ぶのよ。だからノエル、あなたも令嬢よ。そうよね、メラニー？」

そうだと言え！　と私はガンを飛ばす。

「ま、そういうことにしておくわ」

しかし、メラニーにはさらりと流されてしまった。

「じきにバレるのに……」

なんかブツブツ言っている。

まだ疑っているノエルの視線が痛いけど、適当に誤魔化そうとした、その時だ。

「フラン、彼氏募集中ってどういうことだ⁉」

血相を変えたアドルフが飛び込んできた。

私は慌てて、アドの腕を掴んで食堂の端へ連れていく。

何が起こったのかと興味津々の皆の視線が痛い。

「どういうことだ？　フラン。俺という婚約者がいる身で、彼氏募集中って」

腕を放すと、アドはいきなり私に食って掛かってきた。見舞いには来なかったくせに、こういう所だけうるさい。

バラしたのは誰だ？　私は近くに座ってご飯を食べていた王子の側近のオーレリアンを睨《にら》みつけたが、必死に首を横に振っている。

「シャモニ伯爵令嬢がわざわざ教えてくれたんだ」

そうか、あの娘か、余計なことをしてくれて。いつかは身分がバレるにしても、もう少し仲良くなってからが良かったのに！

「ふんっ！　私が王宮で倒れた時も一度も見舞いに来てくれなかったアドに、婚約者だなんて言われたくない！」

私はぶすっとしてそっぽを向く。

「いや、フラン、ここのところずっと帝国の皇女殿下がいらしていたから忙しくて。それに新たな聖女が見つかって学園に入ってくるっていうので、更に忙しくなって……」

「私も学園に新たに入ったけど、アドは何も構ってくれないし……」

嫌味を言う。別に構ってほしい訳じゃないけど……文句を言ってくるなら私も言い返したい。

「フランが平民と一緒のクラスになりたいなんて言うからその調整も大変で……」

やっぱりこいつか、余計なことをしたのは。周りは全部平民だけでも良かったのに、王子の側近とか貴族たちがいるのはこいつの差し金か。

「ふーん……ヴァンからは、あなたがその帝国の皇女殿下といちゃいちゃしていたって聞いていますけど？」

私はアドを白い目で見る。

「あいつ、余計なことを……いや、そんなことはないぞ。傍目《はため》にはそう見えたかもしれないが、違うんだ」

「傍目《はため》からそう見えたんならそうでしょ。そもそも王宮で倒れたのに、一度も見舞いに来ないって、婚約者としてはあり得ないんじゃない？　ヴァンなんてずうーっと一緒にいてくれたのよ」

「いや、俺も何回も行ったけれど、フランは寝ていてだな……それに、ヴァンとあそこにいるオーレリアンに邪魔されて――」

「言い訳は結構。私が目を覚ましてから来なかったのは事実じゃない」

アドの言葉を遮る。言い訳を聞きたいんじゃない。

「それは本当に悪かった」

アドは頭を下げた。あのプライドの高いアドが。それも皆の前で。

第一王子に頭を下げさせるなんて、これじゃあ悪役令嬢そのものだ！

「止めてよ……！」

こんなところで第一王子に頭を下げさせてしまったのでは、私の『平民と仲良く計画』はもう終わりだ。ああ、私の今までの努力が……

「じゃあ、許してくれる？」

腹黒い笑みを浮かべてアドが言った。こいつ、絶対にわざとやってる！

「わかった、許すから、頭を下げるのだけは止めて！」

焦りで息を荒らげながらも、何とかアドに頭を下げるのを止めさせた。

「じゃあ、そう言うことで。さようなら！」

すぐに皆のところに戻って誤魔化さないと！

私がアドの前から離れようとした所で、手を掴まれた。

「何……」

すんのよと叫ぼうとしたが、近寄ってきたアドに耳元でささやかれる。

「父が呼んでいる」

「へ、陛下が？」

私は驚いた。日頃は王妃殿下と接することが圧倒的に多くて、陛下は基本的には私に絡んでこない。その陛下が私に用があるなんて、余程のことではないか？

まだ、別に何もやらかしていないはずだけど。平民と一緒のクラスにしろと学園に圧力をかけたのが、バレたのだろうか？　でも、建学の精神『学園に在学中は親の地位に関係なく、すべての生徒は平等である』に則《のっと》ってやっただけで、文句を言われる筋合いはないはずだし……

王宮の屋内で剣の稽古をした点については、すでに礼儀作法のローランド夫人に二時間にわたって怒られたし、これ以上怒られる要素はないだろう。

「私は何も悪いことはしていないわよ。アドが何かしたの？」

「彼氏募集中なんて皆の前で言うからじゃないのか？」

「それを言うなら担任のベルタン先生に言ってよね。先生がそう言ったからノリで言っただけだし」

「仮にも俺の婚約者がノリでそんなことを言うな！」

何よ、自分は帝国の女といちゃついてたくせに、と私が口を開こうとした時だ。

「あのう」

後ろから騎士が声をかけてきた。

「うるさいわね！」

「黙っていろ！」

私たち二人に怒鳴られて、騎士はビクッと震える。

「あの、でも、皆に見られていますけど……」

「「えっ？」」

戸惑った声で指摘されて、私たち二人は言い争うのを止めた。

そういえば、ここは昼時の食堂だった。皆の驚いた視線が痛い。ノエルたちもこっちを見て固まっているし。

うっそー、第一王子と大声出して喧嘩なんて、もうどう考えても身分はバレたに違いない……

私は頭を抱えてしまった。

「それに、陛下がお待ちなんですが……」

その言葉を聞いて固まった私は、そのままアドに腕を引っ張られて食堂を後にしたのだった。


アドは私を学園の寮の特別室に連れてきた。

中に入ると、国王陛下夫妻が既に腰掛けておられた。その向かいには最近勢力を伸ばしているやり手のデボア伯爵とピンクの髪の女の子、そしてその横にグレース・ラクロワ公爵家令嬢が座っていた。

げっ、グレースが居る！

グレースのラクロワ公爵家と、我がルブラン家は仲が良くない。何でも、先々代の時に我が家の領地が半減されたのは、ラクロワ公爵家の陰謀のせいだそうだ。それ以来、我が家はラクロワ家を毛嫌いしている。

父親同士も犬猿の仲だ。うちの母を巡って、二人には色々あったらしい。

私はグレースのことをなんとも思っていないのだけど、グレースはいつも私に突っかかってくるのだ。正直相手するのも面倒くさいし、できたら避けたい。

そんなことを言ったらまた何を言ってくるかわからないから言わないけれど……

元々、アドの婚約者を決める時も、アドを取り合って私が勝ったらしい。前世の記憶が蘇《よみがえ》る前だし、小さい時のことだからよく覚えていないけど。

「遅くなりました」

「申し訳ありません」

アドに続いて、私も慌てて頭を下げる。

「おお、よく来たの。さっ、席に座ってくれ」

席が二つしか空いていなかったため、私は下座の椅子に、アドは向かいの公爵令嬢の傍の椅子に腰掛けた。

改めて三人を見るが、真ん中のピンクの髪の女の子に見覚えはない。デボア伯爵が孤児院にいた聖女を養女にしたとのことだったので、彼女がおそらくその聖女だろう。

ということは、こいつが私が断罪される元凶か！

タレ目で、男好きしそうな体つきをしている。

「突然呼び立てて悪かったな。食事中だったか？」

陛下が私に謝ってきてくれた。

「いえ、そのような」

身分バレに気を取られていたけど、陛下が食事のことをおっしゃったので、まだほとんど何も食べていないことを思い出した。

グー！

そう思った途端にお腹が鳴った。えええええ！　今鳴るか？

私は恥ずかしさに真っ赤になった。

「何ですか、フランソワーズ。はしたない」

王妃殿下に注意されたし、アドも笑っている。婚約者ならフォローしろよ。まあ、見舞いに来ないくらいだからこんなものかもしれないが……

「まあ、良いではないか、王妃。フランソワーズ嬢も育ち盛りなのだから」

「しかし、淑女としてはどうかと思いますが。ねえ、グレース」

「まあ、王妃様。フランソワーズ嬢は文武両道のご令嬢です。食事量も人の二倍食べられると聞いていますし、多少のことはお目をつぶっていただくしかないのではありませんか」

私はその言葉にプッツンと切れた。こいつ、いつもいつも私に突っかかってきて……！

ここに国王ご夫妻がいらっしゃらなければ喧嘩していたところだ。

「まあ、この前とあるカフェで少食のくせに二個もケーキを食べて倒れられたご令嬢に比べたら、確かに食事の量は多いかもしれませんが」

「な、なぜそのことを……！」

グレースが慌てている。いい気味だ。ふふんっ、ルブラン家の情報収集能力を馬鹿にするなよ。

「まあ、そんなことよりも、今日二人を呼んだのは新しい聖女を紹介しようと思ってな。彼女が聖女のローズ・デボア伯爵令嬢だ」

陛下が話題を変えて、聖女を紹介してくれた。

やっぱりこのピンク頭か。私はまじまじと聖女を見つめた。

「ローズ・デボアと申します」

ピンク頭は私の視線を無視して、アドに向かってカーテシーをした。

「アドルフです。どうぞよろしく」

アドも如才《じょさい》なく頭を下げる。

「そして、彼女が私の婚約者のフランソワーズ・ルブラン公爵令嬢だ」

「フランソワーズ・ルブランです」

私もアドの紹介に合わせ、カーテシーをした。

「ローズ・デボアです」

ローズは私に頭を下げただけだった。

おいおい、公爵令嬢がカーテシーしたんだからお前も返せよ。私は顔をしかめる。

このピンク頭、孤児院出身で礼儀作法ができていないのかもしれないが、今のは絶対にわざとだ。

何でわざわざこんな奴のためにここに来ないといけないのだ。今はクラスメイトと懇親《こんしん》を深める大切な時なのに。私は少しムッとして、もう帰りたくなった。

「まあ、まだまだ、ローズ嬢は貴族社会に慣れていない面が多々あると思うのだ。そこでお前たち三人に聖女のことを頼もうと思って、今日は忙しいところに集まってもらったのだ。三人共、聖女をよろしく頼むぞ」

「かしこまりました」

私たちは頷いた。

「クラスはグレース嬢と同じAクラスだったか。グレース嬢、くれぐれもよろしく頼むぞ」

「はい、お任せ下さい」

陛下のお願いにグレースが頭を下げた。

「アドルフ様は何クラスなのですか？」

王子をいきなり名前呼びかよ、と私は思わないでもなかったが、平民たちにフラン呼びを強制しようとしている手前、何も言えない。でも、なんか少しムカつく。

「私はAクラスだ」

「あ、じゃあ、私と一緒ですね！」

嬉しそうにローズが言う。学年が違うっていうのに。でも、同じクラス名で嬉しいのだそうだ。

「そういえば、フランソワーズ嬢は何クラスでしたかしら」

白々しくグレースが聞いてくる。

「私はEクラスよ」

「えっ、そんなクラスあるんですか？」

「本当にね！」

聖女とグレースの二人は結託して馬鹿にしてきた。

「うむ……フランソワーズ嬢よ。今度は何をしたのだ？　この前は宮殿の中で剣術の稽古をして怪我をしたと聞いて心配したのだが」

陛下までが眉尻を下げて聞いてこられた。学園は皆平等で、何クラスでも関係ないと思うんですけど……

「陛下、私はせっかく色んな優秀な方々が集っているこの学園なのに、もったいないことはしたくないのです。学園は皆平等と建前上は言いますが、Aクラスは代々子爵以上の貴族の子弟しかおりません。貴族だけで固まるなんて、卒業したら自動的にそうなってしまいます。でも、始祖のお考えになられた『学園は皆平等である』というお考えは、学園にいる間は様々な方と交流を持つことこそが、この国の今後の発展に繋がっていくということではないかと私は思ったのです」

「そうか、さすが公平を重んじるルブランの血よの。それでわざわざ一番下のEクラスにしたのか」

感心したように、陛下がおっしゃった。

いやまあ、そんな高尚な理由じゃないけど。入り込むなら一番下のEクラスが簡単で楽だと思っただけなんだけど。

「はい」

私はそんな考えはおくびにも出さずに頷いた。

「そうか。今後の国の発展のためを考えてくれているのか。そのような者が未来の王妃とは、この国もますます発展していくだろう。なあ、王妃よ」

「左様でございますね」

王妃は仕方なさそうに頷いた。よし、言質《げんち》を取った。これがバレたら王妃様が色々文句を言ってきそうだと思ってたんだけど、陛下のお墨付きももらったし、何も言えないだろう。

「フランソワーズ嬢よ。これからもよろしく頼むぞ」

「はい。精一杯努めます」

うーん、ピンク頭たちにムカついたから言っただけなのに、陛下にここまで褒められるとは思っていなかった。私は前世でできなかった青春を今楽しむためにやっているだけなのに……

悔しそうにこちらを見ているピンク頭とグレースに、ざまあみろと私は心中で思ったのだった。

そこで予鈴《よれい》がなったので、私たちは陛下への挨拶もそこそこに部屋を後にした。

「はい、これ」

別れ際に、アドが紙包みをくれた。

「えっ？」

「お腹空いているだろう」

アドが笑って言った。包みを開けると、焼き菓子が入っていた。

「ありがとう。でも、アドの分は？」

「俺は少し食べたからいいよ」

そう言うと、アドは手を振って歩き去った。

「さすがアド、助かったわ」

私は慌てて食べて、すぐに教室に向かった。

でも、一年E組は遠い。嫌がらせか何か知らないが、本館から離れて別棟になっている。

必死に早歩きをしたが、私がクラスにたどり着いた時には、既に礼儀作法のフェリシー・ローランド先生が教壇に立っていた。

げっ！　よりによってフェリシー！

「フランソワーズさん。何ですか。いきなり遅れてきて」

フェリシー先生の叱責《しっせき》が響く。先生は時間に厳しいのだ。昔、一秒遅れただけで一時間怒られた。

「申し訳ございません」

これ以上の怒りを買いたくないので、素直に謝る。

「遅れてきた罰として廊下に立っていなさい」

「えっ」

私は慌てた。そんな、陛下に呼ばれただけなのに、ご飯も満足に食べてないのに、立つの？

「先生。フランソワーズさんは殿下に呼ばれていたので、なにか重要なご用件があったのではないですか？」

オーレリアンが余計なことを言ってくれる。そりゃ、助けようとしてくれたのはわかるけど、殿下と知り合いというのは皆には忘れてほしいんだけど……

バレたら仲良くなれないかもしれないじゃない！　もうバレバレのような気もするけど。陛下に呼ばれていたなんて皆に知れた日には絶対に引かれる。

「たとえ殿下の御用と言えども、授業時間を守るのは基本です。そのようなことで遅れるのは許されません」

オーレリアンの援護もむなしく、フェリシー先生は厳しかった。

「はい、わかりました」

私は大人しく外に立っていることにした。

先生に立たされたとなったら皆親近感を持ってくれるかもしれないし。

でも、次の瞬間、私の涙ぐましい努力はフェリシー先生の言葉でぶっ潰された。

「皆さん。この学園の規則は厳しいのです。たとえ、殿下の婚約者の公爵令嬢とはいえ、規則を破ったら罰せられるのは同じなのです」

皆その言葉に唖然《あぜん》として私のいる廊下を見る。

「えっ、フランって公爵令嬢だったんだ」

アルマンの驚いた声が聞こえてきた。アルマンはさっきの私とアドのやり取りを見ていなかったんだろう。

ああ、私の青春が……

私は今までの努力が水の泡と消え去ったのを知った。

せっかく今世こそは青春をエンジョイしようとしていたのに……

「皆さん。この学園は様々な権力から独立しています。たとえ国王陛下といえども干渉することはできないのです」

フェリシーは御高説を延々と述べてくれていた。

空きっ腹にこれはこたえる。アドにお菓子をもらえてよかった。でなかったら今頃死んでいる。

そう私が思った時だ。

「どうしたのだ、フランソワーズ嬢。こんなところで立っていて」

「えっ？」

私は驚いて目を見開いた。なんと、王宮に帰ったはずの国王夫妻が、学園長に案内されてこちらに歩いてこられた。

「フェリシー君。なぜフランソワーズ嬢が立っているんだね⁉」

慌てて教室に入った学園長が、フェリシー先生に食って掛かる。

「いいえ、学園長。フランソワーズ嬢が授業に遅れてきたので」

フェリシー先生が目を泳がせて言い訳する。

「それは済まなかった。ローランド男爵夫人。予鈴《よれい》までフランソワーズ嬢を私が引き止めていたのだ。この教室がこんなに遠いとは知らなくてな。ここは私に免じてなんとかしてもらえないか」

「そ、そう言うことなら致し方ございません」

陛下に言われたら、フェリシー先生もそうとしか言えないだろう。

でも、さっきの先生のお話とは違うような気がするんだけど。

「フランソワーズ嬢。何をしているのです。さっさと席に着きなさい」

「えっ、でも先生。今、たとえ国王陛下でも学園内のことに干渉はできないって……」

「フェリシー君。君はそんなことを子供たちに言っているのかね？」

「いいえ、あくまでそれは建前で……」

フェリシー先生はしどろもどろだ。

いつも私を虐《いじ》めているからだ。いい気味だ。

「しかし、陛下はこのような所まで何をしにいらっしゃったのですか？」

「いやあ、フランソワーズ嬢が国のために色んな人と交流を持とうと、Ｅクラスに自ら進んで身をおいたと聞いての。それを見学に来たのだ」

私は国王陛下の言葉を聞いて固まってしまった。

終わった。もう絶対に終わった。そんなこと言っちゃダメだ。

皆、違うんだ。私は青春をエンジョイしたかったから、だから皆の中に入ったのに。

その陛下の言い方じゃ、自分の立場をよくするためにこのクラスに入ったみたいじゃない。

もう絶対にみんな仲良くしてくれない……


この日の授業はそれで終わりで、陛下たちは授業の途中まで見学してお帰りになった。フェリシー先生は珍しく優しくて、その点は良かったのだが……

「皆の者。フランソワーズ嬢をよろしく頼むぞ」

陛下は、全くありがたくない迷惑な言葉を残していかれたのだ。

私が今までしていた平民の女の子アピールが台無しになってしまったではないか！

放課後、私は必死に言い訳をしようとした。

「ノエル。これは理由があって」

「も、申し訳ありません。ルブラン公爵家のお方とは存じ上げず、失礼しました」

私の必死の言い訳にも、ノエルは体が引けていた。

「え、そんな」

「すみません。失礼します」

私はなお話しかけようとしたが、ノエルはそそくさと帰って行った。

「アルマン、ごめん」

「いや、わ、私こそ申し訳ありません。殿下の婚約者様とは露知らず、失礼しました」

そう言って、図太そうなアルマンまでもが去っていく。

他の平民のクラスメイトにも声を掛けようとしたが、皆私を避けるように帰って行った。

「ああもう、最悪じゃん！」

私は頭を抱えてしまった。

「まあまあ、フランソワーズ様。平民の反応なんてこんなものですよ」

オーレリアンが笑って慰《なぐさ》めてくれた。

「オーレリアン、あなたね。私はこの学園で青春をエンジョイしようとして必死になっていたのよ！　なのに、皆してそれを壊してくれて……」

「とは言え、陛下のあれは仕方がないでしょう。フェリシー先生にでも文句を言ってみます？」

「そんなの無理よ。十倍になって返ってくるわ」

オーレリアンめ。わかりきったことを聞くな。

私はどうしようかと悩んだ。このままだとまた中等部の時と同じだ。それは嫌だ。

そして思い出したのだ。そういえばメラニーが転生者であろうことを。

こうなったら、転生者の好《よし》みでメラニーに頼み込むしかない。

☆

メラニーの部屋は女子寮の二階で、私の隣だ。私の部屋は貴族エリアではなくて、平民エリアにさせた。

だって、せっかくの夢にまで見た全寮制の学園生活なのだ。夜は他の子の部屋で恋の話とか、遅くまで色んな話をしたい。貴族部屋なんかにしたら、お高くとまってそういうことはなかなかできないではないか。

メラニーもそうだとは思わなかったが、まあ、男爵家だと貴族エリアと平民エリアを選ぶ人がそれぞれ半々くらいだと言うし……

ドンドンドンドン！

大きな音をたてて、思いっきりドアを叩く。

「うるさいわね！」

怒ってメラニーがドアを開けた。

「えっ、さようなら！」

しかし、私を見るなりぎょっとして、いきなり扉を閉めようとする。

私はそうはさせまいと、手を扉の隙間に入れた。

扉が私の指をバシッと挟む。

「ぎゃっ」

私は悲鳴を上げてみせた。本当はこんなのじゃびくともしないんだけど……

「えっ、すみません」

慌ててメラニーが扉を開けてくれたので、その隙に強引に部屋の中に入った。

「ちょっと、フランソワーズ様!?」

メラニーは私の突然の暴挙に困惑している。

「メラニー、同じ転生者としてお願いがあるの」

「転生者ってなんですか？」

白々しく聞いてきたけど、そんな態度には騙されないわよ。

「何を言っているのよ。信号機、知っていたでしょ」

「いや、何の話なのか……」

あくまでもメラニーは白を切ろうとした。

「私のことを悪役令嬢って呼んだわね？『エルグランの薔薇《ばら》』をやったことがあるんでしょ。誤魔化そうとしても無駄よ」

私は言い切ってやった。絶対に言い逃れはさせない！

メラニーは私を上から下まで見て、諦めたようにため息をついた。

「あなた、何歳の時に、自分が転生者って知ったの？」

メラニーがあまりにいきなり開き直ったので、私は一瞬きょとんとしてしまった。

「ちなみに、私は小さい時からよ。今とは別の記憶があって、これは何だろうって、ずっと不思議だったの」

「そうなんだ。でも、これがゲームの世界ってことはいつわかったの？」

「この国の名前がエルグラン王国だって知った時かな。それに王子の名前がアドルフだったから。それで、あなたはいつ？」

「私は二週間前かな。剣の稽古をしていたら、頭を打っちゃったのよね。その瞬間に記憶が蘇《よみがえ》って、三日間寝込んだわ」

「えっ、そうなの？　じゃあ最近なんだ。悪役令嬢やめたの」

「別に私は昔から悪役令嬢じゃないわよ」

酷い決めつけに、私はムッとする。

「うそ、ゲームでは我儘三昧《わがままざんまい》の嫌な奴じゃない！」

「そりゃ、転生を知る前はもっと我儘《わがまま》だったかもしれないけれど、アドにケーキを食べに連れて行かせたり、護衛をまいて下町を散策とか、そんなに酷いことじゃないわよ」

私は眉をひそめて反論した。

「侍女とかを虐《いじ》めていたんじゃないの？」

「虐《いじ》めるほど侍女はいないわよ。うち、貧乏だから」

「えっ、公爵家なのに？」

メラニーは驚いて聞いてきた。

「先々代がグレースの所の公爵家に嵌《は》められて、領地が半分になったのよ。なのに、未だに税率を上げていないから本当にもう火の車。屋敷なんてこの十年間全く修繕していないのよ。その上、お金もないのに、お父様もお母様も人が好《よ》くって……すぐにお金を他人のために使ってしまうのよね。だから本当にお金がなくて。借金で首が回らないほどよ。だから私がアドの婚約者になったんだから」

「えっ、あなたの我儘《わがまま》で王子の婚約者になったんじゃなくて？」

「そんな訳ないでしょ。何であんな女好きな王子の婚約者に進んでならないといけないのよ。婚約者になるなら、ヴァンのほうが百倍はましよ」

私は心の底から思っていることを話した。

「ヴァン？」

「シルヴァン第二王子よ」

「ああ、攻略対象者のね」

「ヴァンも攻略対象者なんだ」

私は知らなかった。

「あなた、そんなことも知らないの？　シルヴァン王子は腹黒だけど、見た目は良いから二番人気よ」

「ええええ!?　あんた何を言っているのよ。ヴァンは腹黒じゃないわよ。ジェドと並ぶ天使よ！」

「あなたの弟の？　ジェラルドも攻略対象者よね」

「そ、そうなんだ」

私はそれも知らなかった。

「ちょっとあなた、本当に『エルグランの薔薇《ばら》』をやったことあるの？」

疑わしそうにメラニーが聞いてきた。

「あ、あるわよ」

私は目をそらしながら答えた。

「本当に？」

「ええ。……でも、いつもフランソワーズに虐《いじ》められて自殺していたけど」

「それって最初の最初じゃない！」

メラニーが呆れているが、ぐうの音も出ない。

「だって、それ以上進めなかったんだもの！」

「わかった。だから悪役令嬢のはずのフランソワーズがこんなふうになっているのね。あなたじゃ悪役にはなれないわよ」

なんとも失礼なことを言ってくれるじゃない。

「私も少しくらい悪役になれるわよ」

「ムリムリ、あなたじゃ絶対に無理だわ。悪役令嬢がこんなに単純で、やっていける訳ないじゃない」

「どういうことよ、それは……」

私はムッとして言った。

「そうか。あなたがバグだったんだ」

一人納得したようにメラニーが頷いている。

「ちょっとメラニー、人を勝手に虫にしないでよ」

「えっ、虫って、まあ、そうなんだけど……虫じゃなくて、ゲームのプログラムにひそむ間違いのことよ。エラーかな」

「ええ、なんかそれも酷くない？」

「まあ良いわ。で、何で平民と仲良くしたいの？　公爵令嬢なんだから、貴族の中で威張っていたら良いじゃない」

「それじゃ面白くないじゃない。あんたも知っているように、貴族なんて足の引っ張り合いしかしないし。私、前世は病弱で学校も満足に通えなかったのよ。だから今世は学園生活をエンジョイしたいの！」

せっかく元気なのだから、絶対にちゃんとした学園生活を送りたいのだ。

「でも、貴族の荒波に揉《も》まれるのも青春だと思うけど」

「そんなの大人になってからでもいいじゃない。私はクラスの皆といろんなことを協力しながらやりたいの。……やったことがないから」

最後は静かな声でぽつりと呟く。思わず零《こぼ》してしまったが、メラニーにはこれが効いたようだ。

「わかったわ。協力するから。悪役令嬢が悲しそうに言うの止めてよ。本当に調子狂うんだから……」

「本当に？　ありがとう！　よろしくね！」

私は喜んで思わずメラニーの手を握って飛び跳ねた。若干メラニーは引いていたが、そんなのは知ったことではなかった。

私たち二人はその日遅くまで、過去のこと含めて色んなことを話し合った。

私に生まれて初めて、本当の女友達ができたのだった。

☆

メラニーは前世で入った会社がブラックで、過労で死んだそうだ。だから今世はあくせく働くのは嫌だって言っていた。のんびりしたいんだって。

「面倒そうだから、あなたとはあんまり絡みたくない」

とはっきり言われた。

そのくせ、『エルグランの薔薇《ばら》』はいやというほどやっていたみたいで、私の将来がどうなるかとても気になるみたいなのだ。

そのあたりをつついて一生傍に置こうと思ったことは、今は秘密だ。


そして翌朝、私はメラニーを引き連れて、ノエルの部屋を襲撃した。

「フランソワーズ様」

扉を開けたノエルは、私を見て動きを止めた。

「さあ、ノエル。朝食に一緒に行こう」

寝起きであんまり頭の回っていないノエルの部屋に入り込んで、無理やり着替えさせる。ドサクサに紛れて私をフランと呼ばせることにも同意させた。そのまま、食堂に向かう。

「へえ、ノエルの家は西地区の閑静な住宅街にあるんだ」

「はい、フラン様」

「フラン。様はいらないわ」

「で、でも……」

畳み掛けるようにして言うと、ノエルは青ざめて黙り込んでしまった。

うーん、これはダメか。私が諦めようとした時だ。

「もう、フランは強引すぎるのよ」

横からメラニーが助け舟を出してくれた。

「ノエル、この馬鹿はどうしてもそう呼んでほしいんですって」

「馬鹿ってメラニー、そんなこと言って……！」

「別に良いのよ。だって私たちはクラスメイトじゃない。クラスメイトに敬語で呼びかけられたくはないの」

私はメラニーの言葉に乗っかった。

「……不敬にならない？」

少し悩んだノエルが、恐る恐る聞いてきた。

「なる訳ないじゃない。私が認めているんだから。そもそも、この学園で私の言うことに反対できる奴なんていないんだから」

そういえばピンク頭とグレースは私の言うことは聞かないだろうが、それは黙っていることにした。

「じゃあ、フラン」

やっとノエルは呼んでくれた。

「よろしくね。ノエル」

私はノエルの手を取った。

やった、今度こそ正真正銘の平民の友達が出来たのだ。

「でも、あなたは貴族食堂で食べなくていいの？」

トレイに朝のメニューを載せながら、ノエルが聞いてきた。

「どうして？」

「だって一般食堂は私たちには豪勢でも、お貴族様には質素でしょ」

「いいえ、そんなことはないわ。ここの食事は豪華よ。うちの朝飯なんてパンとミルクとヨーグルトだけなんだから」

「えっ、そうなの？　だってあなたのところは恐れ多くも公爵家だし、朝からフルコースなのかと」

　私の顔と朝食を見比べて、ノエルが驚いた声を出す。

「そんな訳ないじゃない。うちは元々質実剛健《しつじつごうけん》の家だから。……貧乏なのもあるけどね」

「貧乏って、公爵家が？」

「ええ、貴族のしがらみとかいろいろあって、中々大変なのよ」

　私は笑って誤魔化す。あんまり公爵家が貧乏だって広めるのも良くないような気がするし。

「我が家に比べてここは卵料理もあるし、果物もいっぱいあるじゃない。とっても豪華よ」

「そ、そうなんだ……」

　なんか若干引かれているけど、まあ、平民と仲良くなるのに貧乏であることは問題ないだろうと勝手に思う。

　質実剛健《しつじつごうけん》を掲げているのは建国からで、我が家が食事にあまりお金をかけていないのは事実だ。健康のためにもその方がいいみたいで、中年になると他の貴族たちが皆太っていく中、我が家はそれはないし。

　その時、アルマンたちが入ってくるのが見えた。

「アルマン！」

大声で呼ぶと、アルマンはギョッとした顔をしたが、周りにノエルとメラニーも居るのを見て、おっかなびっくりこちらに来た。

「どうかされましたか。フランソワーズ様」

「フラン！　私はフランよ」

私が言い切る。

「いや、しかし……」

「ふーん、あんた、国王陛下のおっしゃったことに逆らうんだ」

「な、何を言い出すんだ⁉」

ぎょっとしてアルマンが言う。

「だって陛下は、私の言うことを聞けっておっしゃったでしょ」

本当は私のことをよろしくとしかおっしゃっていないけど、使えるものは何でも使わないと。

「いやあ、そりゃそうだけど」

強引に言えば、脳筋のアルマンは頷いてくれた。やっぱり言った者勝ちだ。

「じゃあクラスメイトなんだから、私のことはフランで！」

「ほ、本当に良いのか？」

「良いに決まっているでしょ。何しろ国王陛下が認められたんだから」

なんか、メラニーの視線が冷たい気がするが、ここは無視だ。

こうして、私は大半の生徒を篭絡《ろうらく》していったのだ。

昼食時、私は朝に続いてクラスの皆と交流していた。

「えっ、あんたのお母さんはケーキ屋さんをやっているの？」

私がバンジャマンの家がケーキ屋さんだという話に食いついて、詳しく聞き出そうとした時だ。

横からツンツンとメラニーに突《つつ》かれた。

「えっ、どうしたの？　メラニー」

「あそこからオーレリアンが呼んでいるけど」

メラニーが教えてくれた方を見るとオーレリアンが笑みを浮かべている。碌《ろく》なことがなさそうだ。

私は無視することにした。

「で、お店はどこにあるの？」

「良いのか？　お貴族様が呼んでいるけど」

「良いのよ、別に」

「でも、殿下絡みじゃないの？」

横からメラニーが余計なことを言う。

「それじゃあ、行った方が良いんじゃないか？」

バンジャマンは若干引きながら話を切り上げてしまった。

アドめ、せっかく皆と仲良くなりかけている時にまた邪魔をするのか？

私は仕方なしに、オーレリアンの傍に行った。

「公爵令嬢を呼び出すなんて、あんたも偉くなったのね」

開口一番、いつもなら絶対に言わない地位を笠に着た嫌味を言う。

「いや、あの、殿下が呼んでいらっしゃいまして……」

私の悪役令嬢然とした態度に恐れ入ったのか、オーレリアンはしどろもどろだ。

「私、今は忙しいの。用なら前もって言っておいてよね」

そう言うと、皆のところに戻る。

「えっ、いや、そんな」

オーレリアンはまだ何か言いたそうだったが、私は無視した。今は皆と仲良くなるとても大事な時なのだ。それをアドなんかに邪魔されてたまるかという気分だった。

「良かったの？」

「良いの良いの」

メラニーが心配して聞いてくれたが、私は首を横に振った。アドよりも、皆と話すことの方が大切なのだ。

「ほら、ケーキ屋の話の続きを聞かせてよ。結局お店はどこにあるの？」

「中央区の噴水の傍なんだ」

「えっ、あの、コインを投げ込む噴水の傍？」

「そうそう、そこから――」

私はまた、話に夢中になった。

しばらくして、再度メラニーから小突かれた。

「今度は何？　メラニー」

「今度は殿下ご本人が睨《にら》んでおられるけど」

そう言われて入り口を見ると、怒った表情のアドが立っていたのだった。

アドの後ろにはオーレリアンもいる。

「何かご用ですか？　殿下」

私はぶすっとして言った。

「いや、私がオーレリアンにフランを呼びに行ってもらったら、『他の人を使うなんてどういうこと？　来てほしかったら自ら呼びに来なさいよ！』と怒っていると聞いたから」

「私、そんなこと言った？」

私は後ろのオーレリアンに憮然《ぶぜん》とした顔で問いかける。

「それに似たことはおっしゃ、いえ、そんなことはおっしゃっていません」

私が途中でギロリと睨《にら》むと、オーレリアンは慌てて前言撤回した。

「あのう、殿下」

ここで、私は珍しく下手に出ようとしてみた。

「殿下じゃない。アドだ。フラン！」

しかし、アドが言い直させた。

私は少しムッとした。ええい、もう面倒くさい！

「じゃあアド。見ての通り、私、今忙しいのよ」

遠慮はせず、ズバリと本音を言う。

「俺も忙しい」

「じゃあ来なけりゃ良いでしょ」

アドの言葉に、私はより不機嫌なのを態度に表す。

「いや、気になることを聞いたものだから」

私の怒りを察したのか、慌ててアドが弁明した。何だ、気になることって？

「オーレリアン。何か余計なことを言ったの？」

私の問いかけに、オーレリアンは必死に首を横に振る。

「いや、ジャクリーヌ嬢が、フランが俺という婚約者がいるにも関わらず、男たちを侍《はべ》らせて喜んでいると言っていたから……」

「何言っているのよ。そっくりそのまま返させてもらうわよ。今日は聖女様とグレース嬢と一緒に鼻の下を伸ばしてニヤケ顔で食事していたんでしょ」

アドはそれを聞くと、慌ててオーレリアンを振り向いて睨《にら》みつけた。

「いや、俺じゃないですよ！」

オーレリアンはまたも必死に首を横に振る。

「注進してくれる貴族なんて他にも掃いて捨てるほどいるわよ。そもそも、何回も言うように、王宮で倒れたのに、見舞いにも来ない男を婚約者なんて思ってもいないけど……」

私は未だに根に持っているのだ。

「いや、フラン。それは悪かったって謝ったじゃないか」

「でも、他の女を侍《はべ》らせて喜んでいるんでしょ」

「陛下からは聖女の面倒を見ろと言われたし、いきなり無視するのは悪いだろ」

「私も陛下にはクラスの皆と仲良くするようにって言われているのよ。今、仲良くなれるかどうかの瀬戸際なんだから、邪魔しないでくれる？」

「邪魔……いや、俺はフランが一人で寂しく食べていたらかわいそうだと思って」

「何よ、それ！　あんたらが皆して私を邪魔してくれたからそうなりかけたけど、今必死に軌道修正しているのよ。邪魔しないでくれる？」

私は啖呵《たんか》を切って席に戻った。

「ちょっと待ってくれ、フラン！」

アドが呼び止めてくるが、無視する。

なんで忙しい時に邪魔をしてくるかな。今まで放っておいたくせに。今更構ってきても遅いわよ。

しばらくアドはそこにいたみたいだが、切れている私は完全に無視した。

「良かったの？　フラン。王子様怒ってたけど」

食事を終えて教室に帰る途中で、メラニーが聞いてきた。

「ふんっ、良いのよ。今まで私を放っておいたんだから。それに、聖女が出てきたんだから、どの道アドは聖女とくっつくんでしょ」

「まあ、ゲームではそうだけど……あなたはそれでいいの？」

「良いわよ。別に男はアドだけじゃないし」

「そりゃ、そうだけど」

「いずれサマーパーティーで断罪の上、婚約破棄されるなら早い方が良いじゃない」

「えっ、でも断罪されたら下手したら処刑よ」

「しょ、処刑⁉」

私は驚いて大声を上げてしまった。処刑ってなんだ。そんなの聞いていない！　断罪されたら処刑されちゃうの？　私はパニックになりそうになった。

「しっ」

メラニーが注意してくれた。急に大声を上げたので、皆私を見ている。私は慌てて口を閉じた。

「やっぱりあなた、全然ゲームやっていないでしょ」

「だから、最初で嫌になって止めたって言ったじゃない！」

「……後で教えてあげるわ」

メラニーは額に手を当てて、ため息をついた。

☆

放課後、私はメラニーの部屋でゲームの内容を詳しく教えてもらった。

メラニーは嫌になるほどやったと豪語するだけあって、かなり細かく覚えていた。

メラニーによると、これから悪役令嬢は王子と仲良くする聖女に嫉妬して虐《いじ》めまくるのだという。

それはよく知っている。何しろ、そこを私はクリアできなかったのだから。本を隠されるのはましな方で、破かれたり、水をかけられたり、周りに無視されたり、変な噂を流されたりとありとあらゆる嫌がらせをされる。心優しいヒロインはそれに耐えられずに自殺してしまうのだ。

でも待った！　今のピンク頭はどう考えても、やられる方でなくてやる方だと思うんだけど……虐《いじ》められてもびくともしないタイプみたいだし、どっちかというと私が虐《いじ》められて自殺しそう……！

「どっちもどっちよ」

メラニーにはそう言われてしまったが、あのピンク頭と一緒にしてほしくないわ！

ゲームでは何とか虐《いじ》めに耐えていると、グレースや王子に助けられて、励《はげ》まされるのだそうだ。

私がプレイしていた時は、アドも周りも助けてはくれなかった。やっぱりアドはムカつく。

その後フランによる虐《いじ》めは更に悪化する。最終的には人を雇って聖女を襲わせようとするが、それが未然に発覚。サマーパーティーで断罪されて、処刑されてしまうのだとか。

「えええええ!?　そうなの？　私、処刑されちゃうの!?」

私はそれを聞いて涙目になってしまった。だって、せっかく前世で楽しめなかった青春をエンジョイできると期待していたのに、それも叶わず処刑されるなんて酷すぎる。

「いや、だからそれは聖女を虐《いじ》めた場合だから。フランは今は聖女を虐《いじ》めるつもりはないんでしょ」

メラニーが呆れつつも慰《なぐさ》めてくれた。

「そりゃ、そうだけど……。そもそも、あのピンク頭って本当に聖女なの？　ちょっと見た感じだと、とても性格悪そうだったんだけど」

「うーん。普通は聖女って言ったら、清い心を持った女の子が選ばれるものだけど」

「いや、どっちかって言うとあっちの方が悪役令嬢って感じよ！」

私は思ったままの印象を言う。

「でも、そんな展開無かったわよ」

しかし、メラニーは首を横に振った。

「じゃあ、私が冤罪《えんざい》をでっちあげられて処刑されるのかも……」

私はとんでもないことを思いついてしまった。それは十分にあり得る。グレースもグルで何か悪いことしそうだし。アドも一緒になって私を陥《おとしい》れるかも。

どんどん嫌な方向に想像が広がる。

「まあ、それはないわよ。少なくとも殿下は、今はあなたのことをとても気にしているわよ」

「はん、そんな訳ないでしょ。あいつ、私が王宮で気を失っていたのに、三日間も全く見舞いに来ないで帝国の皇女といちゃいちゃしていたのよ。最低の男なんだから」

「まあ、あなたの言葉を信じると最悪なんだけど……さっきの、思い詰めたようにあなたを見ている殿下の姿を見たら、違うと思うけどな」

なんかメラニーがやけにアドの肩を持つ。何でだろう？

☆

前日遅くまでメラニーと断罪対策をしていた私は、次の日の朝は少し寝ぼけていた。

結局メラニーと思いついた対策は、できる限りアドとピンク頭に近寄らないようにしようということだった。

幸いなことにE組は他の教室と別棟にある。アドの二年A組とも、聖女の一年A組とも離れているし、貴族用の食堂と一般食堂も離れているので、会おうとしなければ会わないという結論に達したのだ。

しかし、メラニーとノエルと一般食堂に行くと、入り口で見た顔が花束を抱えて立っていたのだった。アドが花束を持っているところなんて初めて見た。

私にはそんなものくれたことがないのに、何なんだ！　私は少しムッとした。

しかも、半分寝ぼけていたのでメラニーの陰に隠れるのが少し遅れた。

アドがこちらに気付いたようだ。なぜか近寄って来る。

「やあ、メラニー・バロー男爵令嬢とノエル・ハーベイ嬢だよね」

「は、はい」

「左様でございます」

アドの爽やかさに、二人は完全に呆けていた。まさか王子が名前を知ってくれているとは思ってもいなかったのだろう。

アドの記憶力は抜群で、おそらく生徒全員の顔と名前を一致させている。私には絶対に無理だけど……

「いつも婚約者のフランがお世話になっているね」

「いえ、こちらこそ」

二人はアドの笑顔にもうタジタジだった。

何やってるのよ。その笑顔に騙されたらダメだから！　私は思わず言いそうになった。

「で、フラン。いつまで隠れているんだ？」

アドが私の方を見て言ってきた。せっかく、メラニーと対策を練ってアドには近づかないようにしようと思ったのに、一日目の朝っぱらからそれができないってどういうこと？

「あら、私に用なの？」

私は諦めてメラニーの後ろから顔を出した。ピンク頭とでも待ち合わせかとも思っていたんだけど。まあ、一般食堂の前で待ち合わせはしないか。

「婚約者に用があっても問題はないだろう」

アドは私の嫌味にも全くこたえずに健やかな笑みを浮かべる。私相手には胡散臭《うさんくさ》いんだって。その笑みは。

「婚約者、婚約者ってうるさいわね。その婚約者が――」

「倒れたのに、見舞いに来なかった、だろう？」

アドが私の言葉を途中から引き継ぐ。

「わかっているなら――」

言葉を遮られ、なおも言い募《つの》ろうとした私の目の前に、すっと花束が差し出された。

「……何よ、これ？」

「見舞いに行けなかったお詫びだ」

アドが珍しく神妙な態度を見せている。

えええええ!?　この花束、私宛だったの？

私は信じられなかったし、めちゃくちゃ焦った。

「いや、あの、本当に私に？」

顔が熱い。私の顔は真っ赤になっているだろう。ヴァンはよく花束をくれたけれど。

動揺する私に、アドは頷いた。

「はんっ？　あんたから花束もらうなんて初めてなんだけど。雪でも降るんじゃない？」

私は気恥ずかしさを誤魔化すため、必死に態勢を立て直そうとした。

「悪かったって。だから、そのお詫びだよ」

「ふんっ、何よ今更……。それに、こんな時間に花束なんてもらっても、授業中どこに置いておくのよ？」

私は文句を言った。教室に持っていっても邪魔になるだけじゃないか。

でも、顔はにやけているかも。

「謝罪が遅くなったのは謝るが、どこか置いておくところくらいあるだろう。ねえ、バロー男爵令嬢」

アドはニコリと笑って、メラニーに同意を求めた。

「いや、まあ、教室の外の水差しにでも入れておけばなんとかなるかと」

メラニーは緊張して答えていた。

さすがのメラニーでも王子相手だと緊張するんだ、と余計なことを頭の片隅で思った。

「ということで、頼むよ」

何がと言うことだかわからない。それに、花束一つで許したと思われるのも癪《しゃく》だ。

「……面倒くさい」

「そう言わずに、ね！」

私はアドの勢いに、仕方なく花束を受け取らせられた体《てい》を取った。でも、アドからの初花束だ！

それは今までのこいつの行いを全てチャラにするほどのインパクトがあったのだ。

私は緩む頬を引き締めようとして……次の瞬間には花束を受け取ったことを後悔した。

「殿下、お待たせしましたー！」

にこにこと、ピンク頭がアドに駆け寄ってきたのだ。

えっ、こいつ、他の女と待ち合わせるついでに婚約者に花束を渡そうとしていたのか!?

私は思わず花束を叩き返そうとした。メラニーとノエルも唖然《あぜん》と二人を見ている。

「えっ、いや、約束なんかしていないぞ」

「またあ、昨日今度また一緒に食事してくれるっておっしゃいましたよね」

「えっ、いや、俺はまたいつかな、と……」

「さっ、行きましょう」

アドは戸惑った声を上げていたが、抵抗虚《むな》しくピンク頭に引きずられていった。

そしてなんと、ピンク頭はこれ見よがしに豊満な胸をアドの腕に押し付け、私を笑って見やがったのだ！

「何なのよ。あいつ。人に謝っておいてピンク頭といちゃいちゃするってどういうことよ！」

二人が去った後、私はムカムカしながら朝食を自棄《やけ》食いしている。

「うーん、でも、あれは無理やり連れて行かれたみたいだったけど……」

メラニーがボソリと言う。

「あんた、アドの肩を持つの!?」

私はきっとメラニーを睨《にら》みつける。

「いや、でも、あれは、ピンク頭が殿下に抱きついてきて――」

その言葉に、私は思わずスプーンを持つ手に力を入れる。スプーンがぐにゃりと曲がった。

ぎょっとしてノエルがそれを見ている。

「いや、フラン、落ち着いて」

「これが落ち着いていられる？」

私は両手を握りしめた。ボキボキと骨が鳴る音がする。

このテーブルの周りだけ、なぜか人が近寄らない。

「まあ、フラン。メラニーの言う通り、王子殿下は無理やり連れて行かれたって感じだったじゃない」

ノエルも明るく励《はげ》ましてくれるが、私はぶすっとして言う。

「そんなの、断ればいいいよね」

「じゃあ婚約破棄するの？」

メラニーがストレートに聞いてきた。

「ちょっと待って下さい！」

それを聞いて、はるか遠くで見ていたオーレリアンが飛んで来た。

「何よ、あんた。私、今とても機嫌が悪いんだけど」

「ヒィッ！」

オーレリアンは私の言葉に悲鳴を上げたが、逃げ出しはしなかった。

「フランソワーズ嬢。絶対に何か誤解があります。殿下は本当にあなた一筋ですから」

「はんっ！　私一筋が聞いて呆れるわ。私一筋ならなぜ、ピンク頭に抱きつかれてヘラヘラ笑っているのよ！」

「えっ、殿下に限ってそんなことは……」

オーレリアンはアドを擁護《ようご》するが、私はきっぱりと言う。

「私は軽い男は嫌いなの。浮気する男も。アドは両方に当てはまるのよ」

もう我慢するのは止めるんだ。何しろせっかく神様がくれた第二の人生なのだから。自分の好きに生きないと、この命をくれた神様に申し訳が立たないわ。

うん、やっぱりアドとは別れよう。私がそう決心した時だ。

「でも、フランのところの借金、王妃殿下の実家が肩代わりしてくれているんでしょ。それで婚約破棄できるの？」

メラニーが口をはさみ、私が忘れたいことを思い出させてくれた。

そうだ。そうなのだ。私が婚約破棄すれば、家に借金が残ってしまう。

最悪我が家が破綻《はたん》するのは良いかもしれないが、その後、領民が困るに違いない。他の貴族家に領地がとられたら税率は上がるだろうし、路頭に迷う領民も出てくるはずだ。私の我儘《わがまま》のためにそんなことを認める訳にはいかなかった。

だから、絶対に私から婚約破棄する訳にはいかないのだった……

「そうだったわ、借金があるからできない」

私はガックリと肩を落とした。

「そんなにたくさん借りているの？」

「うーん、良くはわからないけれど、領地の税収の一年分くらい？　でも、うちは絶対に税率を上げないって決めているし、返す当てが他にないのよね」

「それくらいなら、うちの商会で融資《ゆうし》してあげようか？」

そういえば、メラニーのおうちのバロー商会は相当儲かっているのだっけ？

「ありがたい申し出だけど、お父さまは絶対に許さないわ」

「そう？　フランに免じて無利子でいいわよ。領主というものは領主のメンツより、領民のためを考えないといけないと思うんだけど」

「メラニー、あんたすごいわ。確かに最悪のことを考えたらその方がいいかも……」

私はメラニーの考えに感心した。そう、こういうふうに柔軟に考えられないとこれからは生きていけないのかも。こんなことを考えられるメラニーは絶対に手放してはいけないと私は心に決めた。

「オーレリアン様。殿下にはよろしくお伝え下さいね」

メラニーがなぜかどす黒いオーラを発しているんだけど……？

「メラニー嬢、感謝する。その点は、確かに殿下にお伝えする」

オーレリアンは頭を下げると即座に出ていった。

「メラニー、別にアドとは関わりたくないから、伝えさせなくても良かったのに」

「まあ、でも、フランは怒っていたから。はっきりと伝えることは伝えた方が良いのよ」

そう言うものかな？　と私はよくわかっていなかったが、この後とんでもないことが起こるのだった。


午前の授業を終え、昼食を食べに食堂にやってきた。私はA定食のハンバーグを選んだ。私は子供の頃からハンバーグが大好物なのだ。

一口食べると、ジューっと肉汁があふれ出てくる。

「おいひい」

私は食べながら感激した。家のハンバーグは、節約のためにほとんどお肉が入っていなかった。うちのがまずいという訳ではないけれど、やっぱり肉がちゃんと入っている方が美味しい。

「あなた、本当に美味しそうに食べるわね」

メラニーが呆れて言ってきた。

「だって美味しいんだもの。それに肉が多いし、うちのハンバーグの倍以上肉が入っているわ」

「おい、フラン、お前本当に公爵家の令嬢なのか？」

私の発言に驚いたアルマンが聞いてきた。

「そうよ。でもうちは貧乏だから……」

「いやいや、待てよ。公爵家って言ったら普通貴族のトップだぞ。ふつう食事も豪華だろうが」

「そもそも、貴族のお屋敷でハンバーグなんて食べるのか？　お貴族様から見たら捨てるような肉を使っていると思うんだけど……」

バンジャマンまで怪訝《けげん》そうに口をはさんでくる。

「うちは落ちぶれているとまでは言わないけれど、色々あって今は貧しいのよね」

私はぽろりと言ってしまった。

「そ、そうなのか？」

「なんか、フランのところよりもうちの食事のほうが豪勢な気がしてきた」

家にいる時は自覚していなかったけど、平民の食事よりも貧しい公爵家のテーブルってどうなんだろうと思わないでもなかった。

やっぱり税金をもう少し上げたほうがいいのかも……

私が少し悩み始めた時だ。

「で、殿下」

私の前のアルマンが固まった。どうやら、後ろにアドがいるらしい。

えええええ⁉　また来たの⁉　今日こそは最後まで食べようと思っていたのに。

私は無視して、ハンバーグをもう一口食べる。

しかし、皆が私と後ろを見比べているので、おちおち食べていられない。ため息をついてそれを飲み込んだ。

せっかくの私の唯一の楽しみの時間を、邪魔しないでほしい。

諦めて振り向くと、予想通りアドがオーレリアンを従えて立っていた。

そういえば、午前中オーレリアンは教室にいなかった。

「フラン、朝は申し訳なかった」

オーレリアンの方を不思議そうに見ていると、アドが頭を下げてきた。

「聖女のことはよろしく頼むと父からも言われている手前、無下に出来なかったのだ。本当に申し訳なかった」

こいつ、ここで国王陛下の名前を出すか。そんなことを言われたら許さざるを得ないじゃないか。

「いえ、殿下、私も誤解していたようです」

「アド！」

私がやむを得ずそう言ってあげると、アドが自分の名前を言ってきた。

「えっ？」

「殿下じゃなくて、アドと呼んでくれ」

アドが繰り返す。

「すごい。第一王子殿下から名前呼びしろって言われているわ」

「熱々なのね」

外野から声が聞こえる。外堀を埋められている……

「アド……」

「本当に申し訳なかった。お詫びにこれを受け取ってほしい」

「えっ？　それってひょっとして……」

その箱は、いつも開店と同時に売り切れる超有名店のハッピ堂のものではないだろうか。確か、三時間前に並ばないと買えないのでは。

「そう、ハッピ堂のプリンアラモードだ。並んで買ってきた」

「えっ！　本当に？」

私は驚いた。誰かに買いに行かせたのではなくて、自ら並んだなんてまさか。

「どうか、今回の件はこれで許してほしい。クラス全員分買ってきている」

「うそー！」

「本当に!?」

うちのクラスの女子から歓声が上がった。ノエルの目が期待に輝いている。

「でも、一人五個限定なんじゃないの？」

並んだとしても、一人最高五個しか買えないと聞いている。アドとオーレリアンを合わせても十個しか買えなかったはずでは？

「まあ、護衛ついでに近衛にも並ばせた」

にこやかな笑みを浮かべてアドは言った。

「うっそ。近衛の方まで並ばせるなんて職権濫用じゃない。何しているのよ」

そこまでしたのか、と私は呆れる。

「フランの喜ぶ顔を見たかったからついやってしまったんだけど。いらなかったか？」

私の言葉を聞いて、アドは悲し気に開けた箱を引っ込めようとした。

クラスの女子連中から悲鳴が上がる。

こいつ、絶対にわざとだ。クラスの女子連中の反応までわかってやっているのだ。

「いや、何もいらないとは言ってないでしょ」

「じゃあ許してくれる？」

私は後ろから凄《すさ》まじい圧力を感じていた。この期待に満ちた目を裏切る訳にはいかない。

「わかった。今回だけね」

私がぶすっとして言った。

「はい、じゃあ、フラン」

アドは一個取り出して私に渡してくれた。

「じゃあ皆も。俺も並んだんだからな、感謝してよね」

皆に恩を売りながら、オーレリアンがプリンアラモードを配って歩く。

「殿下。いただきます」

ノエルが真っ先に声を出して言った。ノエルも私並みに食い意地がはっているみたいだ。

「いや、皆、これはフランに買ってきたものだから、礼ならフランに」

気障《きざ》な台詞《せりふ》をアドが吐いている。

「じゃあ、フラン。いただきます。まさか、ハッピ堂のプリンアラモードが食べられるなんて」

「さすが、殿下の婚約者様は違うわ」

まあ、皆が喜んでくれたらそれでいいだろう。

私も一口食べてみると、口の中でプリンが蕩けた。

「美味しい！」

幸せな気持ちでいっぱいになり、頬が緩む。

ニコニコしながらこちらを見つめるアドの視線を感じるが、このプリンの美味しさに免じて許してやるか、と単純な私が思った時だ。

「殿下！　ここにいらっしゃったのですね」

見たくもないピンク頭が現れて、アドの腕にすがりついたのだった。

私の幸せモードは、ピンク頭の登場によってあっという間に吹き飛んだ。

こいつ、何なの！　いつもいつもアドにくっついて、それもこちらを自慢気に見るのは止めてよ。

どうせアドもアドでピンク頭にくっつかれて喜んでいるのだろう、と私が冷たい顔でアドを見ると、なんとアドは不機嫌モードになっていた。

「……デボア伯爵令嬢」

「やだー、アドルフ様ったら！　私のことはローズって呼んでって言っているじゃないですか」

氷のようなアドの声にも、ピンク頭は全く動じない。ここで空気を読まずにこの発言ができるのはある意味すごい。

「は？　何を言っているんだ。学園は皆平等だが、私は婚約者でもない女性を名前で呼ぶつもりはないし、呼ばれたくもない。そもそも、君はべたべたと私にくっつきすぎだ」

「す、すみません。私、まだ、貴族の生活に慣れていなくて……」

アドの剣幕に、さすがのピンク頭も半泣きになる。

おいおい、平民でも普通、むやみやたらと男にくっついたりはしないだろう！　こいつの感覚はどうなっているのよ？

私はピンク頭に白い目を向けた。

「貴族に中々なじめなくて、だから友達もできなくて……」

涙を瞳に溜めて、ピンク頭が言葉を続ける。

泣かれると男は弱い。アドもタジタジになっている。

ここはガツンと言ってやろうか、と私が思った時だ。

「ちょっとあんた！　平民の女が皆、親しくもない男にべたべたくっつくような印象を与えないでよね」

声を上げたのは、怒って立ち上がったノエルだった。

「そうよ。普通はそんなにべたべたしないわよ。それも殿下になんて、恐れ多くて出来る訳ないじゃない！」

「何が聖女よ。淫乱娼婦《いんらんしょうふ》の間違いじゃないの」

次々と寄せられる平民女子からの非難に、ピンク頭は声を荒らげる。

「何よ！　あんたたち。平民のくせに伯爵令嬢に逆らおうっていうの？」

こいつは馬鹿なのだろうか？　さっきまでは貴族になじめなくて皆に虐《いじ》められてる……みたいに言っていたのに、平民に突っ込まれたら伯爵令嬢の地位を振りかざすって、どういう頭の構造をしているのだろう？

それに、身分の話を持ち出すのならば、私は腐っても公爵令嬢なんですけど……

公爵令嬢に逆らうのか？　って言ってやろうか。

「デボア嬢。学園の中で親の地位を笠に着るのは禁止されているぞ」

先にアドが注意していた。良かった。余計なこと言わないで。

「えっ、殿下、いえ、これは違うんです！」

慌てたピンク頭は言い訳をしようとしている。

「どこが違うんだ。自分の行動がおかしいと同じ学年の子に指摘されただけで、伯爵という地位をちらつかせて脅したよな」

「そんな、殿下、信じて下さい。私、そんなつもりじゃ……」

「じゃあ、どんなつもりなんだ？」

しかし、アドは更に冷静に追求し、ピンク頭は真っ青になった。

「そんな、酷い、殿下酷いです。わあああああ！」

言葉に詰まったピンク頭は、そのまま泣きながら去って行ったのだった。

「何なのよあれ。絶対におかしいよね」

呆れたノエルの声に、皆は頷いた。

いざとなったら私が絞《し》めよう。でも、待てよ。そうなったら処刑台へ一直線だろうか？

「いやあ、皆、デボア伯爵令嬢が迷惑をかけたね。彼女の父親や教会にも私から注意しておくよ」

疲れた声でアドが言った。

まあ、今回はくっつかれても毅然《きぜん》とした態度を取ってくれたので、許すとしよう。

私はうんうんと頷いた。それにアドが平民のクラスメイトを庇《かば》ってくれて、ちょっと嬉しかった。

「まあ、これからも私の婚約者をよろしく頼むよ」

アドはそう言って笑った。

「お任せ下さい」

「またプリンお待ちしています！」

「おいおい、殿下に何度も奢《おご》らせるなんて、それはないだろう」

ノエルの声にアルマンが突っ込んだ。

「まあ確かに、程々にしてくれ」

アドの言葉に皆笑った。

うーん、なんか私のことをアドに頼まれるのは変な気分だが、皆が笑ってくれたのならばいいか。

そこで予鈴《よれい》が鳴った。また完食できなかった……

明日こそは完食してやるぞ、と思いつつ、私たちは慌てて教室に向かった。


急いで入った教室で目にした光景に、私は唖然《あぜん》とした。

外の水差しに挿しておいた私が生まれて初めてアドからもらった花束が、ぐちゃぐちゃになって教室中にばらまかれていたのだった。

「な、何これ」

遅れて入ってきたクラスメイトたちも驚き、立ち尽くす。

「ちょっと、フラン、大丈夫？」

メラニーが私のところに慌てて駆け寄ってきた。

「えっ、いや、なんか教室がめちゃくちゃ汚れちゃったね」

反射的に答えたが、私は自分が何を言っているのかわからなかった。

初めて、アドからもらった花束なのに。初めての花束だったのに……

気付いたら私の目からは涙が溢れていて、私はメラニーに抱きついた。

「ちょっ、ちょっとフラン」

メラニーは慌てて私を抱きしめ返してくれた。

「メラニー。アドから、初めて、初めてもらった花束だったのに、めちゃくちゃになってしまったの」

私も自分がここまで動揺するとは思ってもいなかった。でも、涙が後から後から流れてくるのだ。

「絶対にこれはあの偽聖女がやったのよ！」

ノエルが声を荒らげた。

「そうだよな。さっきも殿下とフランの邪魔してたし」

「あの、ピンク頭に違いない」

クラスの皆が、泣くことしかできない私の代わりに怒ってくれている。

「でも、聖女様はこんなことはされないのでは……」

いつの間にか隣にいたオリーブがピンク頭のことを庇《かば》っているが、彼女の声は小さいので誰にも聞こえていない。まあ、聖女を信じたいのもわかるが。

「ちょっと皆さん。待ちなさい。証拠もないのに、他の人を疑うのは止めなさい。それに相手が聖女様なら尚更です。清らかな聖女様がこのようなことをされるはずがありません」

いつの間にかやってきていたフェリシー先生が聖女の肩を持つ。

まあ、確かに先生としては聖女を信じたいのだろう。

「先生。それは間違いです。あの女は清らかな心なんて持っていませんよ」

「そうです。自分が伯爵家の養女だって自慢してましたし」

「殿下にべたべたくっついていましたし、フランのことを逆恨みしてやったに違いありません」

クラスメイト達はもうピンク頭を犯人と決めつけている。

「……」

オリーブも何も言えないみたいだった。

「落ち着きなさい。そうは言っても確実な証拠もないのに人を疑ってはいけません。そう思うわよね。フランソワーズさん」

先生も必死みたいだった。そりゃ、嫉妬から犯罪まがいなことをしたなんて広まると聖女のイメージもだだ下がりだし、そんなことが学園で起こったとなると学園のイメージダウンにもなる。

「はい。そ、そう思います」

私はやむを得ず先生の問いかけに頷いた。

確かに疑わしかったが、ピンク頭が犯人だという証拠はない。

でも、アドからもらった初めての花束だったのに……

皆が手伝ってくれたので、花束はすぐに片付けられた。でも、アドから初めてもらった私の花束は、ほとんど観賞することなくゴミ箱行きになってしまったのだった。

そんな中、私がもらった花束が気に入らないのでそれを教室中にぶち撒《ま》けて、聖女がやったように見せかけたという、ゲームの中の悪役令嬢フランソワーズばりのとんでもない噂がまことしやかに流れ出したのだった。

☆

その夜はいろんなことを考えてしまって、あんまりよく寝られなかった。

翌朝、目を腫らして食堂に行くと、なぜかまた、花束を持ったアドが立っている。

「おはよう。メラニー・バロー嬢とノエル・ハーベイ嬢」

アドはまず、私の親友に挨拶をしてきた。これも昨日と同じだ。

「「おはようございます。殿下」」

二人は挨拶すると、私をアドの前に押し出した。

「えっ、いや、ちょっと⁉」

私はどんな反応をしたら良いかわからずに戸惑ってしまう。

「いやあ、私からの花束を嫉妬のあまりめちゃくちゃにされたんだって？　フラン、ごめんね。辛い思いをさせて」

そう言うと、アドは花束を私の目の前に出してきた。

「ぜひ、また受け取ってほしい」

「えっ、でも、せっかくのアドからの花をめちゃくちゃにされたのに……」

「花束に罪はないのに、犯人も酷いことをするよね。でも、これからも花束なんていくらでも渡せるよ」

やけにアドの機嫌がいいんだけど、何でだろう?

「うん、ありがとう」

私は花束を受け取り、ふわりとほほ笑んだ。昨日の花束は残念だったけど、またすぐに用意してくれたことが嬉しい。

「俺も君たちと一緒に食べていいかな」

「えっ、いや、どうぞ、殿下はフランとお二人で召し上がって下さい。私たちはこちらで食べますから」

メラニーは気を遣ってくれたのか、アドの後ろに立っていたオーレリアンを引っ張っていった。

「えっ、でも」

「うーん、なんか気を遣わせたかな」

アドはそう言って笑うと、私の手を取って中に入っていく。

まだ朝早いから人は少ないけれど、手を繋いでいる私たちは皆の注目の的だった。

「アド、手!」

「手がどうしたの?」

「恥ずかしいから放して……!」

「えっ、俺は別に恥ずかしくないんだけど」

そう言いながらも放してくれたかと思うと、今度は抱き寄せるように腰に手を添えられてしまった。

できるだけアドからも離れる予定だったのに、これじゃあ処刑コース一直線じゃない？　でも、ショックを受けた直後だったので、アドの気遣いがありがたかった。

「フランは卵が好きだったよね。それとソーセージと、このサラダはいる？」

アドは甲斐甲斐《かいがい》しく私の世話をしてくれた。

デザートのミニケーキをそれぞれ取って、私たちはメラニーたちから少し離れた席についた。

「いやあ、フランが泣いてくれたって聞いて、俺は嬉しかったんだ」

「どういうこと？」

「だって、それだけ俺の花束を大切にしてくれたってことだろう。もらった時は邪魔くさそうにしていたのに」

「だって、今までアドは花なんてくれたことなかったし、私も女の子だから。婚約者から初めてもらった花束は嬉しいわよ」

「ごめんね。これからはもっと渡すようにするよ」

アドはさらりと言ってくれた。

処刑されないためにはアドから離れないといけないのに、どうしたら良いんだろう？

私には悩ましい問題だった。

「あっ、このミニケーキも美味しいぞ。フランも食べるか？」

アドはそう言うと私にフォークを差し出し、私はそれをぱくんと食べた。

私たちは子供の頃からの付き合いだから、昔からよくこれくらいのことはやっていた。でも、周りにとっては普通ではなかったみたいで、一斉に黄色い声が上がったのだった。

「うそ、殿下がルブラン公爵令嬢に食べさせた！」

「本当にお似合いよね。あの二人」

私はその声を聞いて真っ赤になってしまった。

でも、アドはそんなの気にならないみたいだ。

「フラン、俺もそのケーキを半分食べたいな」

「えっ、いや、でも……」

私は結局アドの押しに負け、朝から食べさせ合いをしていたバカップルの噂はあっという間に学園中に広がってしまったのだった……


午後の初めは二時間続きの魔導実技の時間だった。更衣室に向かう準備中、他のクラスの友だちのところに行っていたノエルが慌てて帰ってきた。

「大変よ！」

ノエルが、はあはあと息を切らして言った。

「どうしたの？」

私は体操着を取り出しながら聞いた。

「昨日の、フランがもらった花束がめちゃくちゃにされた事件！　他のクラスではあれがフランの自作自演だと噂されているのよ！」

「どういうことよ？」

　メラニーが血相を変えてノエルに詰め寄る。

「どうもこうもないわ。何でもフランが、聖女を陥《おとしい》れるために自分で花束をめちゃくちゃにして、それを聖女のせいにしたっていうの」

「何よ、それ！　そんなことして私に何の得があるのよ」

　やっぱりあのピンク頭、馬鹿なんじゃない？　私は顔をしかめる。

「聖女と殿下が仲良くしているのが気に入らなくて、王子の想いを自分の方に向けるためにわざとやったんだってことになってる……」

「何だと、あの聖女！　花束をぐちゃぐちゃにした上にそんな噂まで立てるなんて、俺は許さないぞ」

　アルマンが怒って立ち上がった。

「あっちがそう出るなら、こっちは真実を言ってやろうぜ」

「わかったわ。私も他のクラスの皆に真実を広めるわ」

　クラスの皆が怒ってくれて、それぞれが誰に話すか決めていった。

　私は少しだけ嫌な予感がしたのだが、皆が私のためにやってくれるというのならば、気のせいだろうと思って黙っていた。

魔術実技の授業は屋外の訓練場で行われる。体操着に着替えた私たちは担任のベルタン先生の前に集合した。

「よし、今日はまず、君たちの実力を知りたい。的に向けて、自分の一番得意な魔術で思いっきり攻撃してほしい」

ベルタン先生はそう言うと名簿順にどんどん攻撃させていった。

使う魔術は皆まちまちだったが、衝撃波系の魔術が多いように思えた。

私の前のアルマンは水魔術だった。消防車の放水のような勢いで水を出して的に当てている。

アルマンは火事の時に便利ね。私は勝手にそう思った。

次は私の番だ。

この時、私は先ほど聞いたばかりの私の噂についてムカムカしていた。どうせピンク頭か、そうでなければグレースの奴が流したに違いない。

「先生。本当に思いっきりやって良いんですか？」

「ああ、大丈夫だぞ。ここの障壁は剣聖でもびくともしなかったらしいから」

まあ、剣聖にもそこそこ魔力はあったはずだ。

それに、ここの障壁を突き抜けたとしても向こうは学園の頑丈な壁だし、その更に奥は森だ。最悪のことが起こっても問題はないはず。

私はぐっと伸びをすると、手に魔力を集めた。

「えっ？」

先生が驚いたみたいだったが、もうここまで来たらやるしかない。私は久々にすべての力を解放した。

「行っけー！」

凄《すさ》まじい閃光が私の手から放たれた。その光で的は消滅、訓練場の障壁も一瞬で破壊され、学園の壁に巨大な穴が空いたのだった。

「あれ？」

私は障壁がとてもちゃちだったことに呆気にとられた。これはやってしまったのでは……？

真横で見ていた担任は腰を抜かしていたし、後ろで見ていた皆も呆けたようにそれを見ていたのだった……


その後が大変だった。

壁が吹き飛ぶ音を聞きつけ、即座に他の先生や警備の騎士たちが飛んできた。

そして、私は担任のベルタン先生と学園長室で、フェリシー先生に延々と怒られることになったのだった。

そもそもベルタン先生が思いっきりやっていいって言ったんじゃない！　と私は思った。

しかし、そんなこと言った日には、やったらこうなることくらいわかっていたでしょ、と倍返しで怒られるのが確実だったので、黙っていた。

「ベルタン先生。この子は礼儀作法はまだまだですが、魔術だけなら王宮の魔術師たちも一目置くほどなのです。この子についての書類の備考欄に魔術を使う時は細心の注意を払うようにと書かれていましたよね。読んでいないのですか？」

「いや、でもここまでとは。それに、剣聖が安全を確認されたと……」

余計な一言を先生が言っている。ダメだって、そんなこと言ったら……

「はあ？　剣聖は剣については超一流でいらっしゃいますが、魔術はこの子の足元にも及ばないでしょう。その剣聖をここで引き合いに出されるのはどう言うことです？」

案の定、フェリシー先生は更にヒートアップした。こうなったらもう中々終わらない。

横で聞いていた学園長がいい加減に飽きてきた所でやっとフェリシー先生のお小言が終わったのだ。


魔術で訓練場の破壊なんてやらかしたので、皆に引かれるかなと思いながら教室に戻る。

「フラン、あんたすごいじゃない。障壁を一瞬で吹っ飛ばすなんて！」

私の心配とは裏腹に、皆はめちゃくちゃ歓迎してくれた。

「あれなら聖女なんて一撃で吹っ飛ばせるんじゃない」

「いやいや、人相手には使えないって」

私は否定したが、いざとなったらやってやろうかと思わないでもなかったが……

「フランがいればクラス対抗戦も圧勝だよな」

アルマンが無茶なことを言いだした。クラス対抗戦は一学期最大のイベントで、運動会のようなものだ。

「私一人いても勝てないと思うけど」

「そんなことないぞ」

まあ、良かった。化け物を見るような目を向けられないで。

私は皆に受け入れられてホッとしていた。

「あなた、それだけ魔力量があるんなら、断罪されても逃げられるんじゃない？」

最後にメラニーがこそっと言ってきた。

まあやろうと思えばできるけど、逃げた後はどうするのよ？　地の果てまで追いかけられるじゃない！

私は、アドとピンク頭が真実の愛で結ばれているなら、譲ってもいいと思っている。

私にとって大切なのは前世で体験できなかった青春を謳歌《おうか》することなのだから。冤罪《えんざい》で断罪の上、処刑だけは絶対に止めてほしいけど。

その日の夜は久々にゆっくり寝られて、翌朝はすっきり目覚めた。

次の日、なぜか朝からオーレリアンがいないので少し不安だったけど、おおむねここまでは平和だった。今日こそはご飯を完食するのだ、とうきうきでスプーンでカレーをすくったその時……

「フラン！」

後ろからいきなりアドに呼ばれてしまった。

な、何でこいつはいつも人が食べようとしている時に来るの？

私は無視して食べようとした。

「父からの呼び出しだ」

でも、次のアドの声で思わず手を止めた。

「私、最近は何も悪いことはしていないわよ」

そう言いながら視線を感じて周りを見ると、皆から白い目を向けられていた。

いや、そういえば昨日、訓練場を破壊したところだった。

でも、それはもうフェリシー先生に二時間も怒られたし、そんなので陛下から怒られる？

「とりあえず、すぐに来いだと」

私はアドに手を取られて立ち上がらされていた。

「えっ、いや、そんな、せっかくのカレーが」

「カレーくらい、またいくらでも食べさせてやるよ」

「いや、でも……」

私は目の前にカレーがあるのにお預けを食わされて、アドに手を引かれて連れて行かれた。

ああ、私のカレーが……

今回は一口も食べられなかった。

☆

王宮に来るのは二週間ぶりだ。小さいときから散々入っているので、別にどうと言うことはないが、呼ばれた理由が気になった。

まさか、訓練場を壊したくらいではわざわざ陛下に呼ばれないだろう。

王宮の訓練場を壊した時はさすがに近衛騎士団長に呼び出されたが、なぜか隣に両親がいて、

「良くやった、すごいじゃない！」と私の魔力量が多いことをとても喜んでいたのだ。

怒ろうとした騎士団長もその出鼻を挫《くじ》かれて、さらには魔術師団長と中央騎士団長が私をスカウトし出して、そこに反対する父が加わって……と、それどころではなくなったのだ。

「やっぱりピンク頭の件じゃない？」

「フランもそう思うよね」

私が言うと、アドも頷いた。

「教会とか伯爵は、アドとピンク頭をくっつけたいんじゃないかな？」

「あいつら、そんなことを画策していたらぶっ潰してやる！」

なぜか、アドが切れている。

「他に好きな子ができたら、いつでも婚約破棄してあげるから」

私が婚約者の地位にしがみついて、それで冤罪《えんざい》をかけられて処刑されるのは嫌だから。

はっきりとアドに宣言しておいた。

「な、何を言うんだ！」

私の言葉にアドはとてもショックを受けたようだった。

今まで私を放っておいたくせに、なぜショックを受ける？

それに、最近やたら構ってくるのは何でだろう？


あれやこれや考えているうちに王宮に着いた。

うーん、横にいるアドがとても不機嫌そうなんだけど……

王宮の応接室に通されるとそこには既に国王夫妻と、その前にラクロワ公爵とその娘のグレース、デボア伯爵とピンク頭が長椅子に四人で座っていた。

両端の向い合せの席が空いていて、私はラクロワ公爵の横の席に座った。ピンク頭はアドが隣に来るのを期待したみたいだが、アドは後ろの近衛に指示をする。

そして、なぜか私の横に立った。

「えっ？　ここに座る？」

私は立ち上がろうとしたが、不機嫌そうなアドが私の肩を押してとどまらせた。

「何をしているのだ、アドルフ？」

「そうよ、早く座りなさい」

陛下と王妃様がアドに座るよう促す。

「なぜ私とフランが離れて座らないといけないのですか？　おかしいでしょう！」

「いや、お前は王家の人間だからのう」

「次から離れた席を用意していたらそのまま帰りますから」

えっ？　今までそんなの気にしたこともないのに！　アドはどうしたんだろう？

「そこはそんなに気になるのか？」

陛下も驚いておられる。そうよね。今までと違うから驚かれますよね」

「気になるのです。母上もわかっていただけましたね」

アドが文句を言っているうちに座席が動かされて、私の横にアドが座った。

これでもかっていうくらい私の傍に席をくっつけようとするのは止めてほしいんだけど。

「で、伯爵、わざわざ私たちを呼び出したということは、この前の貴公の養女の不始末に対しての謝罪なんだろうな」

「えっ？　いや、殿下……」

アドはめちゃくちゃ不機嫌そうに言った。

伯爵は慌てた。そんなことは全く考えていなかったという顔をしている。

「そもそも、伯爵の教育がなっていないのだろうが。婚約者でもないのに私にべたべたとくっつくわ、名前を呼ぶわ、どうなっているのだ⁉」

「まあ、アドルフ、ローズさんはまだ貴族に慣れていないから」

「母上。平民でも、婚約者でもない男にくっつくのは娼婦《しょうふ》くらいですよ」

「で、殿下、そんな言い方……酷いです！」

アドの言葉に、ピンク頭はお得意の泣きに入った。

「そ、そうよ、アドルフ、その言い方は酷いのではなくて？」

王妃も慌ててアドルフを責めた。

「何も酷くないですよ。事実です。事実！　同じ学園の平民たちもはっきりそう言っていましたよ。平民を貶《おとし》めるなって！」

今日はアドが強く言ってくれている。まあ、そこは事実だからちゃんとしてほしいとは思う。

「まあ、アドルフ。ローズ嬢は頼れる相手がいなくて不安だったんだろう」

陛下はまだまだピンク頭の味方だ。

「でも、娼婦《しょうふ》の真似事をする必要はないでしょう？」

「いや、まあ、それはそうだが、ローズ嬢は親愛の情を以《もっ》てだな」

「娼婦《しょうふ》の真似事をするんですか？」

アドがきっと陛下を睨《にら》んだ。

「いや、わかった。ローズ嬢、今後はできる限りアドルフにべたべたするでないぞ」

「私だけではなくて、すべての男にです」

「婚約者にもですか？」

泣きながらローズ嬢が言った。

「いや、婚約者ならば多少は許されるじゃろうて」

「でも婚約する前はくっつくなよ」

アドが釘を刺した。

「わかりました。善処します」

善処かよ、思わず突っ込みそうになったが、皆それで黙ったので、私も黙っていることにした。

「で、デボア伯爵。今日の用件を」

国王がため息をついて本題に入った。

「そう、実は今日ご相談に上がったのは、娘がどうやら虐《いじ》められているようなのです」

伯爵が心痛の面持ちで言うが、私はピンク頭の言動が悪いのではないかと思ってしまった。

婚約者でもない男にくっついたり、元々自分も平民なのに、伯爵令嬢になった途端に平民を貶《おとし》めたりしていたら、さすがに皆怒るだろう。

「それも、言いづらいのですが、ルブラン公爵令嬢が、主導されていると聞いているのですが」

ええええ？　デボア伯爵の言葉はまさに青天の霹靂《へきれき》だった。

どういうこと？

私には全く覚えがないのに！

「どういうことだ、伯爵。フランが虐《いじ》めなどする訳がないだろう！」

アドが怒って言ってくれた。

そうだ。私は悪役令嬢になるつもりはないのだ。そんなことやる訳がないのに！　伯爵はいったい何を言い出すんだろう？

「デボア伯爵。私もフランソワーズ嬢は、もし気に入らないことがあれば本人に直接言うと思うぞ」

陛下も私を庇《かば》ってくれた。

そうです。もし気に入らなければ直接言います。虐《いじ》めなんて回りくどいことはやらないです。

「お言葉ですが、陛下、平民共が、『我が娘が、殿下がルブラン公爵令嬢に贈られた花束をぐちゃぐちゃにした』と噂しているのです」

「事実ではないのか？」

冷たい視線でアドが言う。

「滅相《めっそう》もございません。そのようなこと、聖女である我が娘がする訳はないではありませんか」

私にはその伯爵の言葉はとても疑問だった。

そもそも、聖女たる者が婚約者のいる男にべたべたくっつくのか？

「まあ、ローズ嬢は聖女だからな。聖女がそのような邪《よこしま》な考えを持っているのならば、聖女を降りてもらうしかなかろうな」

陛下がとんでもないことをおっしゃった。

いや、常識なんだけど。ということは、ピンク頭は聖女失格か。

これでゲームオーバーで私は断罪されない？

思わず私は身を乗り出した。

「もちろん娘はそんな考えを持っておりません。心の清い我が娘は、平民共の心無い言葉にとても傷ついておるのです」

「まあ、でも、日頃の行動からそうしたと思われたのだと思うが」

アドが容赦《ようしゃ》なく言う。私もそう思った。大半の生徒がそう思うだろう。

「殿下、そのようなことをおっしゃいますな。娘は確かに勘違いされやすい性格でございますが、休みの日には孤児院の慰問《いもん》や治療を行っておるのです」

伯爵は信じられないことを言ってくれた。

本当にこのピンク頭が慰問《いもん》なんてやっているのか？　ただのパフォーマンスじゃないのか。

私はアドと顔を見合わせた。

「少し他人に対してフレンドリーすぎる面もございますが、それはできる限り直させます。しかし、やってもいないことをやったと言われて、日々泣いておるのです」

伯爵は目元をハンカチで押さえながら言った。なんか大げさすぎるんだけど。この伯爵が泣くことなんて絶対にないよね。金と権力の亡者とも言われているし。

それで結局、何が言いたいんだろう？　このことと私とがどう結びつくんだろう？

「しかし、伯爵。皆が噂するのを止める訳にもいくまいて」

陛下がおっしゃった。そうだ。その通りなのだ。

「それで、それとフランがどう関係するのだ？」

アドが一番聞いてほしいことを聞いてくれた。そうだ。

「平民共にそう噂するように示唆《しさ》したのがルブラン公爵令嬢だと。周りの皆が言っておるとか」

伯爵は爆弾発言をしてくれた。

私が示唆《しさ》しただと、そんなことする訳ないではないか。ただ、黙って聞いていただけで……

「そんなのフランがする訳ないだろう。なあフラン」

アドの言葉に私は頷いた。

「平民共が噂を広めようと話している時に、ルブラン公爵令嬢は笑って聞いておられたと」

「笑ってなどいません」

私は言い切った。

「でも、フランソワーズ、その場にはいたのね？」

王妃殿下が厳しい顔を私に向けられた。

「は、はい……」

私はやむを得ず頷いた。確かにその場にはいた。

皆が事実を広めることを止める必要はないと思ったのだ。

「それは問題ではありませんか。未来の王妃様ともあろうお方が、聖女様に対して良からぬ噂が広まるのを座視しておられたというのは」

ここまで黙っていたラクロワ公爵が話し出した。こいつ、この時を待っていたのか。

私は完全に嵌《は》められたのを知った。

「フランソワーズ、公爵のおっしゃるとおりです。なぜ平民たちが噂するのを咎めなかったのですか」

王妃様が厳しい顔で言われた。

「しかし、母上。フランは、彼女が私に振り返ってもらえるように花束を自分で教室中にばらまいて悲劇の令嬢を演じているのだと、ローズ嬢たちに噂されたのですよ」

「私はそのようなことは申しておりません。そんな噂話をする訳ないではないですか！」

アドの言葉をピンク頭が否定した。こいつ、心の中では絶対にほくそ笑んでいやがる。

「アドルフ。ローズ嬢がそう言っていたと確たる証拠もあるのか」

「いえ、それは……」

陛下の言葉にアドは口ごもった。

そう、そう噂している証拠はなかったのだ。私たちがそうだと確信しただけで。

それに対して、私は友達が真実を皆に知らしめると話しているのを確かに聞いていた。

そして、それを止めようとしなかったのは事実だ。

私は下唇を噛んだ。

でも、今回の件は友人たちが私を庇《かば》って行動に出てくれたのだ。初めてできた友人たちが私のために起こしてくれた行動を止めてなんて言えなかった。

未来の王妃としては、やんわりと止めるべきだったのだろう。

でも、私は友人たちの行動を咎《とが》める訳にはいかなかった。皆は私のためを思って行動してくれたのだ。その義憤《ぎふん》を貴族たちの醜《みにく》い権力争いに利用されてはいけない。

そう思うと私はムカムカしてきた。

この伯爵といい、ピンク頭といい、公爵といい、グレースといい、私の友達の行動を辱《はずかし》めるな。

平民といってバカにするな。

彼らは貴族みたいに権謀術数《けんぼうじゅっすう》に長《た》けておらず、その分単純で良い奴らなのだ。

その善意の行動をこいつらに利用されるのだけは我慢がならなかった。

もう、こうなったら悪役令嬢でも何でもやってやろうじゃないか！

私は完全にプッツンと堪忍袋《かんにんぶくろ》の緒が切れていた。

確か、こう、腰に手を当てて胸を張っていたはずだ。

「わっはっはっはっは！」

私はゲームの悪役令嬢フランソワーズを真似て高らかに笑いだした。

突然の私の高笑いに、皆はドン引きしていた。

「『わっはっはっは』は悪役令嬢じゃなくて、どっちかと言うと魔王の馬鹿笑いじゃない！」

後で話を聞いたメラニーが発した一言が胸にグサリと突き刺さったが、私はこの時は全くおかしいとは思わなかったのだ。

メラニーによると、普通悪役令嬢の笑いは「オーホッホッホッホ！」だそうだ。別に「わっはっはっは」と笑う悪役令嬢がいてもいいじゃない……

「確かにラクロワ公爵のおっしゃるように、私は周りの友人たちが、私がやっていないと善意で広めようとするのを止めませんでした。しかし、それの何が悪いのですか？」

私は公爵たちをきっと睨《にら》みつけた。

「何を開き直っているのだ。平民共は『聖女様が花束をめちゃくちゃにした』と言っているの

だぞ」

「平民共、平民共と公爵閣下らしからぬ言い方ですね」

私は公爵を鼻で笑ってやった。

「何だと⁉」

「全国民の九十九・九％以上が平民の方々ではありませんか。その方々を平民共なんて、上から目線で貶《おとし》めるような言い方をまずは止めていただけませんこと？」

私は更に言葉を重ねる。

「平民の方々がいなかったら、公爵領も国も成り立ちません。本来、平民の皆様のおっしゃることはこの国の本当の心なのです。それを馬鹿にしたように言うのはお止め下さい」

公爵はぐっと言葉に詰まってしまった。ふんっ、正論を言われるとさすがに返せまい。

「もっとも、このことは私が指摘するのではなく、本来は心の清い聖女様が真っ先に注意されるべきだと思いますが……目の前の聖女様はそのようなことは考えも及ばないのでしょうね。何しろ私のクラスメイトに向けて伯爵の娘に逆らうのかと、身分を笠に着て脅していらっしゃいましたから」

私は笑ってピンク頭を見やった。

「私は脅してなどおりません」

私の言葉に、ピンク頭が慌てて反論してくる。

「何を言う。私もはっきりと見ていたぞ。その場で注意したはずだ」

しかし、アドが呆れたようにそれを否定した。

「そんな……！」

ピンク頭はまた泣き出す。

「で、殿下。娘はまだ貴族というものに慣れておらず……」

「威張ることはできるのに、慣れていないとおっしゃるのですか？」

伯爵の言い訳を私は一刀両断した。

伯爵は悔しそうな顔をしたが、皆の冷たい視線を前にして何も言えなかった。

「ルブラン公爵家令嬢。ご高説はもっともですが、今上がっている問題点は、あなたが聖女様を貶《おとし》める噂を否定しなかった点なのですが？」

立ち直った公爵が言ってきた。

「何をおっしゃっているのか良くわからないのですが。友人たちは私の自作自演ではないという真実を話すと言ってくれたので、私は感謝しただけですよ。それのどこが悪いのですか？」

顎を上げて、尊大なふりをして言い切ってやった。

「平民たちは、聖女様が花束をめちゃくちゃにして教室中にばら撒《ま》いたのだと噂しているのだぞ」

共をたちに変えただけなんだけど、まあ面倒くさいからそこはスルーしよう。

「さあ、それはどうだか知りませんが。私は皆が私の冤罪《えんざい》を晴らすと言ってくれたのを聞いていただけですから」

「そんな言い訳が通用する訳はないだろう！」

「そうです。公爵令嬢は我が娘が貶《おとし》められるのをただ笑ってみておられたのです」

伯爵が公爵の言葉の尻馬に乗って言ってくる。

「ほー、とするとそちらの聖女様は『私が自作自演で王子の関心を引くために花束を教室中にまいた』と聞いた時に『フランソワーズならばやりかねないわね』と笑っておられたそうですが、それはどうなるのです？」

「私は笑ってなどいないわよ」

「そうです。ただ聞いていただけで……」

言ってしまってからグレースはしまったという顔をした。聞いていただけなら私と一緒だ。

「私と何が違うんです？」

私の言葉にさすがに公爵連中は黙ってしまった。

せっかく私を陥《おとしい》れようとしたのに、逆襲されて悔しそうだ。

はっ！　ざまあ見なさい！

「私がやったと平民たちに言わせるように仕向けたくせに」

ピンク頭はなおのこと言い募《つの》ってきた。こいつは本当に馬鹿なのか？

「ローズ嬢。フランがそう言った証拠があるのか？」

「公爵令嬢がただ笑ってみていたと聞いています」

「だからそれは、ただ聞いていた君と何が違うんだ」

アドはもうため息交じりの声を隠そうともしない。

「いや、そんな、酷い。殿下、私を信じて下さい」

ピンク頭が半泣きで言うが、この場で何を信じろというのだ？

陛下も白い目でピンク頭を見ておられるし、公爵は青くなっていた。


結局、双方とも悪い噂などできる限り広めないように注意されて終わった。

しかし、私はそのまま王妃様に呼ばれてしまった。

「フランソワーズ。あなたは未来の王妃なのです。ラクロワ公爵に揚げ足を取られるとは何事なのですか？　それでなくてもあなたは礼儀作法で公爵夫人の取り巻きから突っ込まれることが多いのです……」

と、更に二時間ほど怒られ続けたのだ。

本当に最悪だった。

☆

その日の夜、説教され疲れてフラフラになった私はアドに寮へ連れて帰ってもらった。王宮での仕事を終えたアドが迎えに来てくれたのだ。

王妃様に捕まっている所を助けてくれたアドには、感謝の言葉しかない。

だってあのままだと、本当に死んでいた。

ついでに言うなら、もっと早く迎えに来てほしかったけど……

まあ、アドも仕事が溜まっていたんだから仕方がない。

そんなことをつらつらと考えながら馬車の規則正しい走行音を聞いているうちに、私は眠ってしまった。


何か気配を感じて意識が戻る。チュッという音が聞こえ、ハッとして目を開けるとアドの顔が離れていくところだった。

「アド！　何かしたの？」

私は完全に目覚めて、ぺたぺたと自分の顔を触る。

「いや、何も」

アドはひょうひょうと言い返してきた。怪しい！

「まさか、顔に落書きしたんじゃないでしょうね」

昔、やられたことを思い出した。こいつは寝てしまった私の顔にひげを描いてくれやがったのだ。

「そんな訳ないだろう！」

アドは慌てて否定するが、この態度は怪しい。

手鏡を取り出して顔を確認する。

「別に何もないわね……」

「お、お前なあ、気にするところはそこなのか？」

アドは額を押さえていた。

何その反応？　あんたの前で寝てしまったら、普通気にするところはそこでしょう？

寮に帰ってきた私は即座にメラニーに捕まって、部屋に連行された。そして、王宮での出来事を洗いざらい吐かされたのだった。

「やっぱり、ゲーム補正ってあるのね」

一通りの話を聞いたメラニーはため息をついた。

「何、ゲーム補正って？」

メラニーによると、それはゲームのシナリオ通りに事態が進んでいくことを指すらしい。

例えば、私が聖女を実際には虐《いじ》めていなくても、今回のように虐《いじ》めていたように思われてしまうというのだ。それじゃあ、私が何も悪いことをしていなくても、サマーパーティーで断罪されて処刑されてしまうってことじゃない！

「その可能性もあるということよ」

メラニーはまるで他人事のように言う。

「そんな、嫌よ、メラニー！　私、今世は青春を謳歌《おうか》したいの。途中で死ぬなんて絶対に嫌。なんとかしてよ！」

私は半《なか》ばパニックになり、メラニーにすがりつく。

「フラン、落ち着きなさいって」

メラニーはどうどうと私をなだめた。

「まあ、できる限り色々考えてあげるから」

「ありがとう、メラニー。頼りにしているわ」

私はホッとした。ゲーム知識が豊富なメラニーなら、きっと何とかしてくれるだろう。

「まあ、いざとなったら最悪、あなたの馬鹿みたいな魔力を使って逃げ出せばいいから」

前言撤回だ。メラニーはとんでもないことを言ってきた。

「それって断罪された時の話よね」

「最悪の場合の話よ。冤罪《えんざい》で処刑されるよりもましでしょ」

「それはそうだけど……。そもそも、何でゲームのフランは逃げないのよ」

今更ながら、私は素朴な疑問を抱いた。

「悪役令嬢だったら、追い詰められたら怒り狂って皆を攻撃するんじゃないの？　死ぬにしても、誰かを道連れにしそうだけど」

「だって、フランには魔力がほとんどない設定だったのよ」

「えっ、そうなの？」

私には化け物級の魔力があるのに？　私とゲームのフランは見た目以外似ていないみたいだ。

「逆に、何であなたにそんな魔力があるのかわからないけど……」

「母は魔力量が多いの。私にはそれが遺伝したのよね」

そう、母は魔力量が多いのだ。私が王宮の訓練場を壊した時も喜んでいたし、きっと私は母から受け継いだのだろう。

「ふーん、お母さんね……ゲームには出てきていなかったけど、そんなこともあるのね」

メラニーは興味深そうに呟く。

「まあなんにせよ、もし逃げ出すことになったらついて行ってあげるから」

「ありがとう。助かるわ」

私はメラニーに感謝を述べた。

逃げるのはいつでもできる。でもそんなことをしたら、両親や弟に迷惑をかけてしまう。断罪されない方法を考えるに越したことはない。

断罪回避のためには現状の分析が必須だ。これまでの様子から見るに、ヒロインのピンク頭が第一王子狙いなのは確実だった。

アドは嫌っているみたいだけど。あいつはもうちょっと清楚《せいそ》なお姫様って感じの子が好きなのかもしれない。

そう言うと、メラニーに白い目で見られた。

「王子はフランに執着していると思うんだけど」

「えええ？　そうかな……？」

私には疑問しか浮かばない。だってお見舞いに来ないし、帝国の皇女といちゃついてたらしいし。

「それにあなた、攻略対象の第二王子にも好かれているでしょ」

「確かにヴァンは天使よ。かわいいし、いつも助けてくれるし、本当にいい子よね」

私はメラニーに同意を求めたが、メラニーは首を傾げていた。

「でも、最後にあなたをギロチン台に追い詰めるのは第二王子よ。ゲームでは第二王子もヒロイン命って感じだったから。悪巧みさせたら、あなたの弟といい勝負よ」

「えええええ!? 私のジェドはそんな腹黒じゃないわよ。メチャクチャ天使なの。小さい時からお姉様を虐《いじ》めるやつは僕がこの世から消し去るからって、本当に可愛いことを言ってくれるんだから」

「……」

私の言葉を聞いたメラニーはなぜか固まってしまった。

「どうしたの、メラニー?」

「あなた、攻略対象のほとんどから好かれているじゃない」

呆れながらメラニーが言った。

「そうかな? そりゃ、嫌われてはいないと思うけど……」

私にはよくわからなかった。だってヴァンもジェドもかわいい弟みたいなものだし。いやいやジェドは本当の弟だった。

「ゲームでは皆、聖女を虐《いじ》める悪役令嬢のフランをやっつけようとするのよ。でも、今はあなたの後ろに腹黒ツートップがいる。いくらあなたが単細胞でも、処刑台に向かわせるのは無理そうね」

「よくわからないけれど、私は処刑されないってこと?」

今、処刑は無理って言ったわよね! メラニーの言葉に私は喜んだ。

「まだわからないけれど、その可能性は高いわね」

そうか、あの二人を味方にしていたら処刑されないのか。

それなら大丈夫だろうと、私はほっとした。後はアド次第だ。

そう思うと、アドとの馬車の中でのやり取りが少し気になった。思わず頬を擦ってしまう。

「どうしたの？　ほっぺに何か付いているの？」

メラニーが不思議そうに聞いてきたので馬車での話をしたら、白い目で見られてしまった。

「そのシチュエーションで落書きされたかどうか気にするなんてフランくらいよ」

「じゃあ、普通は何を気にするのよ」

「キスよ、キス！」

「はい？」

私は一瞬メラニーが何を言っているのか理解できなかった。

「キスされていないか、普通は気にするのよ」

「き、き、キス⁉」

遅れて理解した私は、思わず真っ赤になって叫んでしまった。

「しぃー！　もう夜も遅いんだから、大声出さないでよ」

メラニーに注意されて、慌てて口を押さえる。

「だって、そんな、ハレンチな」

そう言えばほっぺに何か触ったような気がしたけど、あれがキスだったのだろうか？

「キスくらい、別にハレンチでも何でもないわよ。私たちももう十六よ。婚約者とキスするくらい普通でしょ」

「だって、私とアドは政略で婚約しているだけで……」

「でも、傍から見たら王子はフランに執着しているわ。寝ている間にキスしようとするくらい、あり得るんじゃない？」

そんなことを言われても、私は前世を含めてキスの経験なんてないのだ。普通がわからない。

「え、でも、ふ、ファーストキスよ。乙女が夢にまで見るファーストキスよ。それが寝ている間だなんて、それもアド相手になんて」

恥ずかしさのあまり、口ごもってしまう。前世で青春していない私にとって、ロマンチックなファーストキスは憧れだった。

「どこから突っ込んでいいかわからないけど、相手が王子様なら言うことないじゃない。何しろゲームの中でも現実でもナンバーワンの人気の第一王子殿下よ。むしろ、何が不満なの？」

「だって、初めては本当に好きな人にあげたかったし……」

「いやいや、あなた公爵家のご令嬢でしょ。絶対に政略結婚しかありえないから」

メラニーは呆れた目で私を見るが、私の理想は今世の両親だ。

「でも、うちの父と母は恋愛結婚なのよ」

「それ、めちゃくちゃレアケースでしょ。フランにはアドルフ王子が一番いいと思うけど」

「アドには昔から色々虐《いじ》められてきたし、私のことそんなに好きじゃないと思うんだよね」

「でも、十年以上の付き合いの婚約者なんでしょ。それにあなたが何て言おうと、絶対に王子はあなたが好きよ」

「そうかな？」

そこはやっぱりよくわからなかった。

「皆に聞いてみなさいよ。全員そう言うから」

「うーん、でも、ファーストキスが寝ている間なんて……」

「いや、たぶんほっぺにチュってしただけで、正確にはファーストキスはまだなんじゃないかな」

「いやいや、でも、ほっぺにキスも今までされたことなんてないし……」

その後も散々うじうじ言っていた私は、もう眠いから寝るの一言でメラニーの部屋から追い出されてしまった。

メラニーは冷たい！

結局、その夜は、私はキスのことを考えてほとんど眠れなかった。

もう、アドのバカ野郎！

☆

翌朝の目覚めは最悪だった。

寝不足のままメラニーとノエルと一緒に食堂に向かうが、朝少し早い時間なので人の姿はまばらだった。

でも、私はこちらに歩いてくるアドを見つけてしまったのだった。

慌ててメラニーの後ろに隠れる。

「おはよう、フラン」

私はその声に応えず、メラニーのジャケットの裾をぎゅっと握る。

「昨日の件で恥ずかしがっているみたいです」

仕方なく、メラニーがフォローを入れてくれた。

「昨日の件？」

不思議そうにアドが言う。

「フランの頬にキスされた件です」

「ちょっとメラニー、余計なこと言わなくていいの！」

私は慌ててメラニーの口をふさぐが、もう遅い。ノエルの目が点になっている。

「えっ、ああ、あれか？　寝ていたから気付かなかったかと思った」

アドが素《す》っ頓狂《とんきょう》な声を上げた。

やっぱり、やったんだ、こいつ！　私のファーストキスを寝ている間に奪うなんて、なんて奴だ！

「もう良いわ。メラニー、行くわよ」

私はメラニーとノエルの手を引いて食堂に入った。

「いや、ちょっとフラン！」

アドが私を追いかけてくる。

「人の知らない間に変なことする人は嫌いです」

「いや、だってあまりにフランの寝顔が可愛いからほっぺにチュって思わず……」

「うっそ」

アドの言葉を聞いて、ノエルなんてもう顔が真っ赤だ。

周りから歓声も上がる。

この色ボケ王子、皆の見ている前でなんてことを言ってくれるのよ。

怒った私は、その後アドを無視して食べ続けた。

でも周りから見たら、無視する私とひたすら謝っている王子という構図が成り立つ訳だ。

何かこれ、王子に頭を下げさせる本当の悪役令嬢って感じじゃない⁉　本当にもう、どうにかして！

私は頭を抱えたくなった。


今日の一限目はホームルームだ。担任のベルタン先生がのっそりと入ってくる。

「皆、おはよう」

「「「おはようございます」」」

「よし、今日はクラス委員を決めるぞ。これからのクラス対抗戦において、クラス委員と対抗戦委員はとても大切な役割だ。皆それに相応しい者を選んでくれ」

そう言いながら、先生は黒板に委員の名前を書いていく。

「まず、クラス委員長だが――」

「はいっ、先生」

先生の声を遮り、アルマンが勢いよく手を挙げた。

「お、アルマン、早速立候補か？」

「いえ、違います」

即座に否定すると、アルマンは立ち上がって私を見た。不吉な予感がする。

「俺は、朝から第一王子殿下にペコペコ頭を下げさせて、強いぞオーラを周りに振りまいていたフランソワーズ嬢を、クラス委員長に推薦します！」

「な、何よそれ⁉」

訳のわからない理由で推薦された私は慌てる。

「異議なし」

「賛成」

しかし、次々に賛成の声が上がってしまう。嘘でしょ⁉

「ふむ、では決を採ろう。フランソワーズ嬢で良いと思う者？」

ベルタン先生が聞くと、大半の生徒が手を挙げた。

ええええ⁉　私になってしまった。まあ、青春を謳歌《おうか》したいと思っている訳だし、やるからには中心に立って思いっきりやった方が良いんだろうか？

結局、副委員長にオーレリアン。クラス対抗戦委員にアルマンとメラニーが選出された。

公爵令嬢、子爵令息、平民、男爵令嬢と、貴族出身者のほうが多くなってしまった。

うーん、Ｅクラスは元々平民クラスなのだから、もっと平民が中心の方が良いんだけど……まあ、全員でクラス対抗戦を戦っていけば問題ないのか。

まずはクラス委員長として、教卓の前でクラスの皆に改めてのご挨拶だ。

「皆さん、クラス委員長に選出されたフランソワーズです。これから一年間よろしくお願いします。……先に、謝罪を。この一週間、花束の件など皆さんには色々ご迷惑をおかけしました。結局犯人はわかっていません」

「いや、あれは偽聖女の仕業だ」

「絶対にピンク頭よ」

皆が怒ってくれているんだけど、右の最前列で、オリーブだけが下を向いている。彼女は平民の大人しい子だ。そういえば前も聖女を庇《かば》っていたし、信心深いのかも。

「確かなことはわかっていませんし、聖女様がそんなことをする訳はないと思っている人もいるでしょう。私もそう信じたいです」

私は皆を見渡す。驚いたようなオリーブの視線と私の視線が一瞬交わったが、彼女はすぐに目を逸らした。

「さて、クラス対抗戦はもう目前に迫っています。基本的に、この学園に在学中は全ての者が平等のはずです。でも、実際はそうなっていないのも実情です。貴族専用の食堂があったり、寮の待遇が違ったりするのもそう。皆もいろいろ思うこともあるでしょう！　でも、私は貴族も平民も関係なしに、この学園で青春を謳歌《おうか》したいんです！　まず最初の目標は、クラス対抗戦において学校一を目指すこと！　皆で団結して結果を出しましょう！」

私は教卓を思いっきり叩いていた。

「ようし、皆で頑張ろう！」

「「「おー！」」」

アルマンの声に、皆が腕を突き上げた。

こうして一ヶ月後の対抗戦に向けて、クラスは舵《かじ》をきったのだった。

☆

「ねえ、フラン。女の子だけで、ケーキ食べに行かない？」

その日のお昼時にノエルが提案してきた。

「あっ、それ良いかも！」

私は頷いた。クラスの中で平民と貴族の間にまだ溝があるのだ。まあ、私が平民にかかりっきりなのが良くなかったのだが。

男どもはオーレリアンを中心にまとまりそうだが、女性陣はまだまとまりに欠けている。特に貴族のジャクリーヌたちと平民の仲が心配だ。

女の子だけでケーキを食べに行くのは、その垣根を取り払えるかもしれない。

「じゃあ、私が平民の皆に伝えるから、貴族はお願いね」

「わかったわ。行くならドットケーキのバイキングよね。花束事件とかで迷惑をかけたから、今回は私が奢《おご》るわ」

「えっ、良いの!?　フランのお家、お金の工面がなかなか大変なんじゃないの？」

私の気前のいい発言に、メラニーが心配してくれた。

「ふふん。私は十人分の無料券を持っているのよ。この前の食べ比べ大会で優勝しちゃって」

私はポーチから無料券を取り出した。

「食べ比べ大会で優勝って、あなた本当に公爵家の令嬢なの？」

メラニーには呆れられながらも、次の土曜日にクラスの女子全員でドットケーキに行くことに決まった。


土日は寮から自宅へ帰っている生徒が多いため、私たちはドットケーキに直接集合することにした。十時前には着いたが、既に多くの女性が並んでいる。

「おはようございます。フラン様」

ドットケーキの前で丁度馬車から降り立ったジャクリーヌが挨拶してきた。

彼女が着ているのは見た目は地味だが、きちんとした縫製《ほうせい》のいかにも高そうな洋服だった。どう見ても貴族って感じだ。

これでは平民の子たちが気を悪くしてしまうかもしれない。私は平民を意識して、簡素なワンピースを着てきた。ＴＰＯはちゃんとしないといけないと思ってのことだ。

でも、続いて降りてきたメラニーもジャクリーヌと同じような格好をしている……

「ちょっとメラニー」

何でそんな服を着てきたの、と私が文句を言おうとした時だ。

「フラン、こっちよ」

前もって並んでくれていたノエルに呼ばれた。

「ありがとう」

ノエルに合流してみると、彼女の服装もメラニーみたいな感じだった。

よく見ると、他の平民の皆もおしゃれな格好をしている。

えええええ!?　なんで!?

「オリーブ、その服、可愛いじゃない！」

ノエルがオリーブの白いブラウスを褒めた。袖の刺繍《ししゅう》が凝《こ》っていて、確かに可愛らしい。

「そうかな？　古着屋で買ったんだけど」

「どう見てもフランより貴族みたいに見えるわよ」

ノエルの容赦《ようしゃ》ない言葉に、さすがの私も言葉をなくす。

「そうかな。フラン様の方が貴族っぽい気がするけれど……」

オリーブは戸惑ったように私と自分を見比べ、私を立てようとしてくれている。

「何言っているのよ。どう見てもオリーブのほうが立派な格好しているわよ。フラン、その格好はさすがにまずくない？」

メラニーにも言われてしまった。私、この服で、アドとお忍びに出かけたこともあるんだけどな。

そう言うと、皆にため息をつかれた。何でよ！

「その格好でデートするとか、信じられない！」

ノエルがあり得ない、と大声で叫んでいる。

「デートじゃないから。視察よ」

「そうは言っても、殿下と二人で歩くんでしょ。もう少し服装には気を付けなさいよ」

そこまで言われて、ようやく私はもう少し服装に気を付けようと思った。

「そんなことより、皆、知っていると思うけど、彼女がジャクリーヌよ。でも、ちょっと長くて言いにくいわよね。じゃあ、愛称でジャッキーで」

呼び方を愛称に変えるだけで、親しみが湧くはずだ。私の言葉になぜかメラニーだけ吹き出しそうになっていた。何でだ。ジャクリーヌの愛称は確か、ジャッキーのはずだ。

紹介されたジャッキーがなぜか困惑しているが、勝つためには貴族も平民もないのだ。

「皆さん、ジャッキーです。よろしくお願いします」

ジャッキーがうまく私の後に続いてくれたので、順番に貴族の令嬢を紹介していく。

貴族についで、ノエルが平民の女の子たちを紹介してくれた。

「へー、オリーブは孤児院出身だったんだ」

あまり交流のなかったオリーブの出自を聞いて、私は思わず声を上げてしまった。

「すみません。公爵令嬢の前に孤児の私なんて出てきてはいけませんよね」

私の言葉を聞いて何を勘違いしたのか、オリーブが身を引こうとする。

「何言っているのよ。人間、親は選べないわよ。私は生まれで差別するつもりは全くないから」

そう言うと、私はオリーブの手を握った。

それを見て貴族連中は驚いたみたいだし、オリーブも目を見開いて私を凝視《ぎょうし》している。

「あっ、ゴメン。いきなり近すぎた？」

「いえ、でも、孤児院出身の私なんか汚いですし……」

「そんな訳ないでしょう。どう見ても私の方が薄汚く見えるわよね」

自虐《じぎゃく》で笑ったつもりだったのだが、皆はすっと目を逸らす。

この格好、そんなにひどい？　もう、服装の話をするのはやめよう。

私がそう心に誓った時、ついに列が動き、店の中に入れた。

私がテーブルの真ん中で場所取りをすることになり、皆が次々にケーキを取って来て席に座る。

私を挟んで逆の角にノエルとメラニーが、私の横にはジャッキーが座り、その前がオリーブ。そのほかの皆も、うまく貴族と平民で交ざって座ってくれた。

取りに行けなかった私の前には、ジャッキーがお上品に二つのケーキを置いてくれた。

私の一番好きなチョコレートケーキといちごケーキだ。

「ありがとう。ジャッキー」

私は喜んでそれをもらう。二つなんてぺろりと食べ尽くしてしまい、私はお代わりを取りに走った。

モンブランとチーズケーキ、ガトーショコラにミルクレープ。お皿に所狭しと並べる。

席に戻ってくると、皆の目が点になっている。

「ん、どうかした？」

「凄《すさ》まじい食べっぷりでしょう。いつものことよ」

普段から私とご飯を食べているノエルが、自分を棚に上げて言う。

「あんたもケーキを四つも載せてるじゃない」

「だって私は平民の女の子だもん。お貴族様で、そんなことしているのはあんたくらいよ」

確かに周りを見ると、貴族の子たちは二個くらいしかお皿に載せていない。

「だって食べ放題なんだもの。もったいないじゃない」

「お貴族様の言葉とは到底思えないわね。ねえ、ジャッキー」

呆れたノエルは私の隣のジャッキーに同意を求めた。

「いえ、そんな……」

ジャッキーもなんと答えていいかわからなかったみたいだ。

食べ放題に貴族も平民もないのにね。

十個くらいは食べたかな？　お腹いっぱいになった後、外に出ると太陽が眩《まぶ》しかった。

まだ夏には程遠いはずなのに、日差しがきつい。

「この後どうする？」

できれば、もう少し親睦を深めたい。誰かどこかいい場所を知らないだろうか。

「私の出身の孤児院が近くにあるんです。もしよろしければ、皆さんで来ていただけませんか？」

オリーブが珍しく声をかけてきた。

孤児院か。慰問《いもん》で訪れたこともまだなかったし、私は興味を持った。

そこでまさか、親しげにしているピンク頭とアドに会うなんて思ってもいなかったんだけど……

☆

「あっ、オリーブお姉ちゃんだ」

「お姉ちゃん！」

孤児院の入り口で、オリーブは子どもたちに囲まれた。

オリーブはクラスでは控えめで物静かだったが、驚いたことにここでは人気者らしい。

「今日はお姉ちゃんがお友達を連れてきたんだよ。皆と遊んでくれるって」

「えっ本当に？」

「やったー」

子供たちが喜んでこちらを見た。

「えっ、この子たちと遊ぶの？」

ジャッキーが驚いている。

お貴族様のジャッキーには、いきなり子供と遊ぶのは難しいかもしれない。

「ようし、お姉ちゃんはご本読んであげる」

「私は一緒にお絵かきしようか」

ノエルたちが早速動き出してくれた。

「ええ、女ばっかじゃん。俺、剣の練習したかったのに」

男の子が生意気にも文句を言っている。

「ようし、じゃあ、お姉ちゃんが見てやろうか」

にやりと笑い、私が名乗りを上げた。

「えっ、剣をお使いになれるのですか」

ジャッキーが驚いて聞いてきた。

「ジャッキー、敬語」

「あっ、すみません」

「剣は少しくらいなら使えるわよ」

私は胸を叩いた。

「でも、トムは将来騎士を目指しているんですけど……」

オリーブも疑い深そうに言ってきた。あの男の子はトムというらしい。

「大丈夫よ。剣聖には勝てないけど、ある程度はできるから」

確かに剣聖にはいつもこてんぱんにされているけど、他の騎士たちには勝てるのだ。もしかしたらわざと負けてくれているのかもしれないけど。

「お姉ちゃん、本当にできるの？」

トムが馬鹿にしたように言ってきた。

「打ちかかっていらっしゃい」

私は木刀を持った。相手はたかだか八歳くらいのガキだ。

「ふんっ、痛い目見たって知らないからな」

言うや否や、トムは思いっきり振りかぶってきた。

それを軽く受け流す。

「えっ」

周りのみんなは驚いて見ていた。

何せ、剣は剣聖に稽古をつけてもらっているからね。めちゃくちゃ嫌な奴だけど、剣の腕は確かだ。

教え子として、いくら遊びでも負ける訳にはいかない。

「まだまだ！」

トムは必死で打ち下ろしてきたが、それを軽々と受けていく。

そして、最後にはトムの木刀を巻き込んで宙に飛ばした。

「お姉ちゃん、もう一回！」

「ようし、何回でも良いわよ」

もう一度打ち込んできたトムの木刀を躱《かわ》して、たたらを踏む所を手で払う。

「ギャッ」

トムは頭から地面に突っ込んでいった。

「くっそう」

やりすぎたかと見たが、トムは悔しそうにしている。

そう、男の子はこれでなくっちゃ。私なんか剣聖にもっと酷いことをされているんだから。

一時間くらいやって、いい加減疲れた所で休憩にした。

ジャッキーも子どもたちに絵本を読んでやっていて、なんとか仲間に入れていた。

まあ、皆、いろんな経験が出来て良かったのではないかと思えた、その時だ。

女の子が飛び込んできた。

「ねえねえ、隣の教会にローズお姉ちゃんが来てるよ！」

「えっ、ローズ姉ちゃんが？」

男の子たちが立ち上がった。

「ローズ？」

どこかで聞いたことのある名前だ。

「聖女様よ」

メラニーが教えてくれた。

えっ、あのピンク頭が来ているの？

「よし、見に行こうぜ！」

子供たちはあっという間に出ていった。

「お仕事の邪魔しちゃダメよ」

オリーブが叫んでいる。

「ふーん、あの子、ここの孤児院の出身だったのね」

「そうなんです。昔は一緒に色々やっていたんですけど、聖女様になってからは疎遠《そえん》になっていて。

ここの教会に来るのも久しぶりだと思うんですけど」

過去に想いを馳《は》せているのか、目を細めながらオリーブが答えてくれた。

「この子たちには好かれているんだね」

私には嫌な奴だが、子供たちにはそうでもないらしい。

せっかくだから、私たちも連れ立って教会に入った。


教会の壇上で、ピンク頭は寝ている老人に懸命に祈っていた。

聖女の手から金色の光が溢《あふ》れる。癒《いや》しの魔術だ。

老人は光に包まれた後、目を覚ました。

「おお、聖女様の奇跡だ！」

「意識不明の重症者が意識を取り戻したぞ！」

周りの人々が叫んでいた。

「あれ、隣にいるの殿下じゃない？」

ノエルの言葉を聞いて壇上をよく見てみると、確かにアドだった。

えっ、なぜアドがピンク頭といるの？

今日一緒に遊びに行かないかと誘いに来たのを女子会があるからと断ったのは確かだが、だからといって聖女といるなんて……

しかも、あろうことか、聖女の汗をアドがタオルで拭《ぬぐ》っているのだ。

「ありがとうございます」

「いや、疲れているようだが大丈夫か？」

「まあ、疲れますけれど、皆さん、私の力を期待しておられますから。頑張ります」

アドが心配そうに聞くが、ピンク頭はもう次の患者に手をかざしていた。

その横にピッタリとアドが寄り添っている。

仲の良さそうな二人を見て、私は開いた口が塞がらなかった。

なぜかとてもショックを受けて、私はどうやってその場を後にしたか覚えていなかった。

家が遠い人を馬車で送って、私は帰ってきた。

まだあの光景が脳裏に焼き付いている。

アドはピンク頭を嫌っていると思っていたのに、違ったのだ。あんなに仲が良さそうに、寄り添って汗を拭いていた。

私と剣術や魔術の稽古をしても、私の汗をアドが拭いてくれたことなんてないのに。

これもメラニーが言うところのゲーム補正なんだろうか？

まあ、これで二人がくっついてくれて、私が処刑されなければいいんだけど……

いいんだけど、いいんだ、そう、これでいいんだ……！

そう思おうとしたけど、なぜか気分が良くなかった。

「はあ……」

夕食の食卓で、私は盛大なため息をついた。

「あ、姉上、どうされたのですか？　元気だけが取り柄の姉上がため息をつかれるなんて」

ジェドの失礼な言葉に、普通なら思いっきり頭を叩くんだけど……

「別に、何も」

私のリアクションに、周りは一斉に私を見た。宇宙人でも見るような視線を向けてくる。

なぜに？

「姉上、食事も全然進んでいませんが……」

ジェドは心配になったらしく、今度は眉尻を下げて聞いてきた。

「うーん、あんまり食べたくない」

「えええええ!?」

皆、呆気に取られて私を見てくる。

「た、直ちにお医者様を！」

「いや、待て、姉上がただの風邪なんか引く訳はない。これは新しい伝染病か何かではないか？

王宮の医者に連絡を」

メイドのアリスの言葉に、ジェドがめちゃくちゃなことを言っている。

「でも、お熱はありませんよ」

アリスが私のおでこを触って不思議そうに言う。

「あんたたちね。私も人間よ。偶《たま》には食欲がない時もあるわよ」

あまりの扱いに、私は文句を口にする。

「今日、ドットケーキで食べ過ぎたとか？」

「姉上の胃は鋼鉄の胃だぞ。そんなことくらいで夕食を抜いたりする訳ないだろう！」

皆好き勝手なことを言ってくれる。ちょっと待て、鋼鉄の胃って何だ？

いつもならここで鉄拳制裁が出るのだが、今日はそんな気分ではなかった。

「ごめん、今日は寝るわ」

私は立ち上がった。なんか今日は本当にお腹が減っていなかった。

まあ、確かにケーキの食べ過ぎでもあるんだけど……

皆の驚愕《きょうがく》した視線を無視して食堂を出ようとした時だ。

「ふ、フラン様！　何か料理に不手際がございましたか？」

最後は、私がほとんど料理に手を付けていないのに驚いた料理長が飛んできた。

もう、何でもないったら！

思わず切れそうになったけど、料理長は何も悪くはないし……

私は謝ると、「簡単なお夜食を作って後でお持ちしましょうか」という料理長の親切な言葉を断って、部屋に引っ込んだ。

でも、そう言ったことを後で死ぬほど後悔した。

お腹の虫が夜通し鳴いて、あんまり眠れなかったのだった。

☆

翌日もああでもないこうでもないと部屋で考えながらゴロゴロしていると、メラニーが来てくれた。

「フラン、大丈夫？　倒れたって聞いたんだけど」

「別に倒れてなんかいないわよ。ちょっと食欲がなかっただけで」

誰だ、嘘の情報を伝えたのは？

「あんた、そりゃ、皆心配するに決まってるわよ」

メラニーは一人納得したようで、うんうんと頷いている。

「いや、私も人間なんだから食欲がないことくらいあるわよ」

「何言っているの？　あなたのせいで私の所には未来の公爵様であるあなたの弟からも、第二王子殿下からも、昨日何があったんだって問い合わせが来たんだから。父もびっくりしてしまって、見舞いに行って来いってうるさくて」

「えええぇ!?　それはごめん。あの子たち、私に直接聞きなさいよね」

全く、他人様に迷惑をおかけするような子に育てた覚えはないのに！

「まあ、父としては商会の新たな販路の開拓に繋がるっていう考えが大半を占めていると思うけど」

「でも、うちは貧乏だからバロー商会としては旨味がないんじゃないの？」

「そんな訳ないじゃない。あの建国当時からの由緒正しきルブラン公爵家よ。出入り商人になれば、どこのお貴族様のところにも入れるわ」

メラニーの言葉にそんなものかなと私は首を傾げた。

「で、あなたが食欲がないと宣って、公爵家並びに王宮に激震を走らせた理由は何なの？」

「激震なんて走っていないでしょ」

「何言っているのよ。しがない男爵家に王家と公爵家から問い合わせが来たのよ。これを激震が走ると言わずに何と言うの。少なくとも我が家には走ったわ」

まあ確かに、いきなり王家とか公爵家から使者が来たならメラニーの家は驚いたかもしれないけれど。

「あんた、理由とかわかって聞いているでしょ」

理由を問いかけつつもにまにまと面白そうなメラニーに、私はブスッとした。

「まあね。あなたに夢中だと思っていた第一王子殿下が聖女様と仲良さそうにしていたからでしょ」

「別にアドが私に夢中だとは思っていないわよ」

「ふーん。そうかな？」

「そうよ！」

疑わしそうに私を見るメラニーに、私は言い切った。

「まあ良いけど。……王子はあなたに夢中だと思ってたんだけどな」

メラニーの言葉の最後の方はよく聞こえなかった。

「でも、これで王子と聖女が仲良くなって、前もって私と婚約を破棄さえしてくれれば断罪はなくなるよね」

私が空元気を出して声色を明るくする。

「それはどうかしら？　今回の件もゲーム補正がかかっていると思うから、まだわからないわよ」

「ええ、そんな……！　一緒に慰問《いもん》に行くのもゲームにあるの？」

「あなた、本当に何も知らないわね」

メラニーは心底呆れたように言った。

「ゲーム中のフランは、この仲良さ気な慰問《いもん》を取り巻きの令嬢たちと一緒に見せつけられて、更に虐《いじ》めを激しくするのよ」

「でも、私はピンク頭を虐《いじ》めていないわよ」

「でも、この前も虐《いじ》めたことにされちゃったじゃない」

メラニーが先日の出来事を持ち出した。確かにそうだ。

全く虐《いじ》めていないのに。嘘の噂を流されたので、真実を言ってやると仲間が助けてくれたのを見ていただけなのに。それでも、私が率先して嘘の噂を流させたということになりそうだったのだ。

今回もそうなってしまうかもしれない。

「ええええ！　また？」

私はもううんざりだ。

私は、青春を楽しみたいだけなのに。あのピンク頭はどれだけ私を邪魔すれば気が済むのだ。

「今度は私は何をすることになっているの？」

「クラス対抗戦で聖女が活躍して、王子に褒められるのを見て、最後は嫉妬に狂うわ。人を使って聖女を襲わせるの」

メラニーの言葉に、私は頭を抱えた。

「何回も言うように、私、本当に切れたら直接本人を攻撃するわよ。何で人を使うなんて、まどろっこしいことをしなければならないのよ⁉」

「そんなの、ゲームの作者に言ってよ。襲われた聖女を王子が助けて、二人の仲は決定的になる。その結果、フランは断罪されるのよ」

メラニーにそう言われて、私は更に頭が痛くなった。

どうしようかとメラニーに泣きつこうとした時、ノックの音が響いた。

「どうしたの？」

「お話し中すみません。第二王子殿下が剣聖様といらっしゃいました」

顔を出したアリスが教えてくれた。

「えっ、剣聖も来たの？」

私はとても嫌そうに顔を歪めた。

ヴァンが心配して来るのはまだわかるけど、嫌味な剣聖は何をしに来たんだろう？

私はうんざりしながらも私服に着替えて一階に降りた。

ただでさえアドとピンク頭の件で頭が痛いのに……。前門の虎、後門の狼、なんか違う。

踏んだり蹴ったり、これが今の私の気分かも。

「義姉《あね》上、会いたかった！」

入るなり、ヴァンが飛んできた。

「姉上に近づくな」

それを手前でジェドが止める。

「何を言う。俺の義姉《あね》上を独り占めにするつもりか」

「貴様は赤の他人だ。貴様と姉上とは全く血がつながってないだろうが！」

私は馬鹿な喧嘩を始めた弟分二人は無視して、剣聖に挨拶をした。

「剣聖様、このようなむさ苦しいところまでわざわざお越しいただきまして……」

何しに来たんだよ、と余程言ってやりたかったが、止めた。私も大人だ。

「これはこれはフランソワーズ、最近は私のところに全然顔を出さないな。高等部に入って、色ボケしたのか？」

しかし、剣聖はいきなり嫌味を炸裂させてきた。

剣聖は剣の聖人だから、当然剣の能力はぴか一だ。しかし、性格が聖人ではない。

天は二物を与えないと言うし。剣の能力以外は最悪な奴なのだ。

「最近は殿下との色恋沙汰が王宮中に広まっておるぞ」

「そのような事実はございません」

何を言うんだ、こいつ。私は冷静に否定した。

「ふんっ、聖女とかいう胡散臭《うさんくさ》いやつに王子を取られて悶々《もんもん》としていると聞いたぞ」

おいおい、悶々《もんもん》と言う言葉の意味が少し違うのではないか。

こっちはイライラしているんだよ。

言ってやろうかと思ったが、そうしたらまた剣の訓練の時にいつも以上にボロボロにされるのだ。

腐ってもこちらは公爵令嬢だぞ。それも一応、王子の婚約者だ。それをそこまでボロボロにしても良いのか？　と私も思わないでもない。

かと言って手加減されるのは気に食わないので、私はいつもボロボロになるまで剣聖に痛めつけられるのだ。

どっちみちボロボロにされるのならば、言っても良いのではと最近は思うが……

「事実無根です」

「ふんっ、どうだか！」

私の否定を剣聖は歯牙にもかけなかった。

「我が剣でその歪んだ根性を叩き直してやるわ」

剣聖は歪んだやる気全開だった。

えええぇ！　またやられ役をやるの？　本当にもう止めて欲しいんだけど！

私はメラニー相手にぶつぶつ文句を言いながら服を着替えた。

「ねえ、王子の婚約者だからって、剣の稽古って必要なの？　お妃教育に護身術はあっても剣は普通ないんじゃないの？」

メラニーが素朴な疑問を提示してきた。

「まあ、そうなんだけど……昔、アドと一緒にチャンバラして遊んでいた時に剣聖が通りかかって、剣の相手をすることになったんだよね。その時、何の因果かたまたま勝っちゃって、剣聖はキレちゃったのよ。本当に子供相手に大人げないよね。それ以来、アドと一緒に剣術の稽古をさせられているのよ」

「えっ？　あなた、剣聖に子供の時に勝ったの？　帝国一の剣士に勝った剣聖に？」

メラニーが驚いて目を見開いた。

「たまたまよ、それ以来勝ったためしはないんだけど」

「でも、子供の時に勝ったなんてすごいじゃない」

「いやいや、もう最悪なんだから。それを知った父がまた、大々的に公表して、更に剣聖がひねくれちゃったのよね」

私は肩をすくめた。

「誰がひねくれてるって……？」

歩いていた私は剣聖に聞かれていたとは思わなかったのだ。

「ようし、来い、フランソワーズ」

訓練場に入るやすぐ、剣聖が剣を構えた。

うちの訓練場は私仕様。母が結界を張っていて、私が多少むちゃしても壊れないようになっている。私も模擬剣を構えると、正面から剣聖に斬り込んだ。

剣聖はその剣を軽く受けると、斬り返す。

「痛い！」

私は腕に剣聖の剣を受けて、思わず剣を取り落としてしまった。

「なんだ、そのへっぴり腰は」

剣聖は容赦《ようしゃ》なく、私の胸を剣で斬りつけて弾き飛ばす。

「ふんっ、色気もないし、そんなだから、王子を聖女に取られるんじゃないか？」

追い打ちのように、剣聖は気になることをズバズバ言ってくれた。

「おらおら、いつまで倒れているんだ」

剣聖は私を挑発してきた。

「あの野郎！」

私はばっと立ち上がると、一気に距離を詰めて斬りつける。

剣聖はそれを避けると私の肩に剣を叩きつけてきた。

――パリンッ……

何か、音がしたような気がして、私は吹き飛ばされていた。地面に叩きつけられる。

あれ、魔力が剣に込められる。

私は何かまずいことが起きたように思った。

確か母が危険だからといって、魔力を剣に込められないようにプロテクトを私にかけていたような……

「ふんっ、貴様は胸も全然ないな。そんなだから王子を聖女に取られたんじゃないか。聖女の胸は貴様の倍はあったぞ。男としてはやはり胸はある方が良いぞ」

その剣聖の言葉は、母の警告を一瞬で星の彼方に飛ばした。

私はムカっとした。あのピンク頭に胸の大きさで、私は負けたってこと？　アドも胸は大きい方が良いんだ。男はみんなデカイ胸を期待しているんだ。そして、この剣聖も……

ピキッと頭の片隅で何かが切れる音がした。

「おらおら、ペチャパイ。さっさと起きてこいよ」

人のことをペチャパイペチャパイって呼びやがって。私は完全に切れていた。

私は立ち上がると、模擬剣を上段に構えた。

そして全ての魔力を剣に集める。

渾身の力を込めて、私は馬鹿にしてきた剣聖に斬りかかった。

剣聖は軽く私の剣を受けようとしたが、凄《すさ》まじい魔力を載せた剣を簡単に受けられるはずもない。

次の瞬間、剣聖の模擬剣は弾き飛ばされた。そして、そのまま私の斬り込みは剣聖を直撃した。

剣聖はその衝撃で訓練場の端まで弾き飛ばされ、そのまま母の張った結界に頭から突っ込んでいった。

ドカーン！

凄《すさ》まじい爆発音がして、一瞬で訓練場の壁が粉々に吹っ飛んだ。

あちゃー、またやってしまった。

それからがまた大変だった。

家の訓練場を壊してしまったことで、執事や侍女たちから叱られてしまった。

「フラン様。あれほど魔術を全開で使ってはいけないと奥様から注意されていましたのに！」

執事のクリストフが呆れている。

でも、そのプロテクトを剣聖が壊したんだよね。おそらく。母のプロテクトを壊すなんて、さすがは剣聖。

私はこの時まではまだ、この結果がどうなるかなんてわかっていなかった。

「うーん、まあ、この訓練場も古くなっていたし、建て替えにちょうどいいんじゃない？」

「そんな訳ないでしょう。我が公爵家の財政状況がいかに大変か、ご存知ですよね」

クリストフの目が怖い。

そうだった。朝食から更に一品減ったらどうしよう……

私はだんだん心配になってきた。

「やっぱりまずいよね。剣聖にも悪いことをしたし」

「剣聖なんてどうでも良いんですよ。お嬢様に一撃でのされてしまうなんて、本当に口だけのクズですよね。次からクズとやる時はラクロワ家の訓練場でやって下さいよ」

「いやいや、さすがにそれはまずいだろう。ラクロワ家のちゃちな訓練場だけでは済まないぞ。王都のラクロワ邸が下手したら消滅しちゃうじゃないか」

「ちょっと、ジェド、私もさすがにそこまでやらないわよ」

私は大袈裟なジェドに文句を言う。

「何言っているんですか、姉上。母上が幾重にも張ってくれた結界を一撃で全部ふっとばしたんですよ。ラクロワ家なんて、ろくな結界張っていないじゃないですか。姉上がちょっと本気出せばラクロワ邸なんて一瞬ですよ。父上は喜ぶかも知れませんが……その損害賠償で公爵家が潰れます」

ジェドは真剣な顔ではっきりと言い切った。

うーん、確かにそうかもしれない。でも、たかだか剣の訓練だけで邸宅が消滅するか？

まあ、この惨状を見るとあながち冗談だとは言えないような気もするんだけど。

「でも、今はこの訓練場をどうするかだよ」

「そもそも殿下がクズ剣聖なんか連れて来られるからこんなことになったのでは？」

「ショックを受けておられる義姉上《あね》の気分転換になるかなと思ったんだけど……。わかった、財務部にも少し話しておくよ」

助かった。ヴァンはやっぱり頼りになる！

「じゃあ、おかず一品減らされなくて？」

「姉上、気にするのはそこですか？」

「他に何があるのよ」

皆が残念な目で見てくるのはなぜ？　やめてよ！

あと、誰も剣聖の心配をしないのはなんでだろう？　少しくらい誰か心配してあげてもいいのに……まあ、これでしばらく剣聖は自宅療養だ。剣術の授業はもう少しまともなやつが来るだろう。

代理が誰かはもうじきわかるのだが、期待した私が間違いだった。

☆

翌日から、私はクラス対抗戦に向けて必死に取り組みだした。

過去のデータを集めて、クラス皆で放課後に残って練習をする。

もうアドのことなどどうでも良い。私はクラス対抗戦に青春をかけることにしたのだ。

クラスメイトたちと協力し合い、クラスを一位にする。それこそがまさに青春だった。

「青春に恋愛は邪魔だ！」

一位への決意を込めて叫んだ時だ。

「おーい、フラン」

アドがやって来た。こいつは何なんだ？　聖女と仲良くしていたくせに、どうして私の前にそんな脳天気な顔を出せるんだ？

私は当然無視した。

「えっ、フラン、どうしたの？」

ノエルたちにまで白い視線を向けられ、アドは訳がわからないみたいだった。

「おい、オーレリアン」

アドは相手にされないので、仕方なしに側近を呼ぶ。

オーレリアンはアドのところに行って、この状況を説明した。

「なんでもフラン様は、殿下が聖女様と仲睦まじくしていらっしゃるのを見て怒っていらっしゃるみたいですよ」

「ちょっとオーレリアン、うるさいわよ。これ以上喋るとあんたをEクラスから除名するから」

私はぺらぺらとしゃべるオーレリアンをきっと睨《にら》みつける。

「えっ、ちょっと、それは酷くないですか……ということですので殿下、失礼します」

「いや、ちょっと待て、オーレリアン！」

アドが叫ぶが、オーレリアンはクラスの方に戻ってきた。

「フラン、それは誤解だぞ。俺は聖女と仲良くしていた訳じゃなくて……」

「はい、殿下、申し訳ありませんが、ここから先は関係者以外は立ち入り禁止です」

アドはアルマンたちに教室から追い出されてしまった。

そう、今はアドよりもクラス対抗戦だ。

☆

「おーい、フラン、大変だ！」

クラス対抗戦委員会の集まりの後、アルマンが大会要項の冊子を差し出してきた。

そこに書いてあったのは……

『訓練場を破壊し、剣聖ですら抑えられない巨大な魔力量保持者のフランソワーズ嬢の魔術使用はお控え下さい』

なんと、私への名指しの注意書きだった。下の細かいところにはっきりと書かれている。

えええええ!?

クラス最大の魔力量を誇る私が魔術を使わせてもらえないなんて、どういうこと？

当然アルマンとメラニーは即座に抗議したとのことだったが、委員会の奴らはこれは決まりごとだから、の一言で終わらせたそうだ。

これ以上抗議すると、Ｅクラスの参加自体を認めないと。

何てことなの。こんな横暴を許して良いのか。これってアドの策略か何かなの？

私たちは直ちに、職員室に行くことにした。委員会がだめなら、先生に直接抗議するしかない。

あんまり大勢で押しかけてもいけないから、クラス委員と対抗委員で行くことにしたのだ。

「でも、フェリシー先生が出てきたら私は何も言えなくなるわよ」

私は前もって釘を刺しておいた。あの先生だけは無理だ。

「まあ、あなたは最悪立っているだけでいいから」

メラニーがそう言うので私は頷いたが、何かメラニーの目が怖いのは何でだろう。

「先生！　どういうことですか？　フランが魔術を使えないって」

「Aクラスが普通にやったら絶対に私たちに勝てないからって、酷くないですか？」

私たちは口々に担任に言い募《つの》った。

「いや、まあ待て」

慌てたベルタン先生は、私たちの勢いを抑えようと躍起《やっき》になっていた。

「何を待てっていうんですか？」

「先生、なんでこんなの認めたんですか？」

アルマンとオーレリアンを中心に突っ込まれて、ベルタンもタジタジだ。

「いや、まあ、先生方の多数決で決まってしまってだな、仕方がなかったんだ」

ベルタンは肩をすくめて言った。

「ふうん、そうですか。こんな卑怯な手を使って、そんなにAクラスは勝ちたいんですか」

アルマンがぶすっとして吐き捨てる。

「自分たちの力が足りないからって先生の力を借りるなんて、最低ですね」

貴族のオーレリアンまでAクラスの批判を始めた。

「ちょっとあなたたち、黙って聞いていたら、なんなの？　Aクラスが勝つためにフランソワーズさんの魔術を使えなくしたって言うのですか？」

フェリシー先生が出てきた。や、やばい。私はもう何も言えない。私はすがるようにメラニーを見た。

でも、メラニーは頷いただけだった。

「違うのですか？」

「そんな訳ないでしょう」

アルマンの怒りにもびくともせず、フェリシー先生は否定した。

「じゃあどういう訳なんですか？」

「僕らに教えて下さいよ」

今度はオーレリアンがフェリシー先生に負けじと反論している。

すごい。私も二人を見習わなければ……いや、絶対に無理だ……

「フランソワーズさんはあの剣聖すら一瞬で叩き潰すほどの魔力量があるんです。それがどういうことか、わかっているのですか？」

「はい、下手したら怪我人が続出ですね」

「死人が出るかも」

おい、お前らな、一般人相手にそんなことはいくら私でもやらないって！

「よくわかっているじゃありませんか」

フェリシー先生も、そこで頷くな！

「フランソワーズさんは別格なんです。ヒグマ相手にリスがいくら集まっても勝てないでしょう？」

ちょっと待ってよ、何で私がヒグマなの。せめてテディベアとか、もっと可愛いものに例えなさいよ。

それに、ピンク頭やグレースをリスに例えるな！　絶対に違うだろ。

あいつらは腹黒たぬきとか狐だ。リスなんて可愛いものではない。

私は反論したかったが、私が先生にたてつくと碌《ろく》なことはない。特に、フェリシー先生には。

結局アルマンたちはフェリシー先生に牙を抜かれてしまった。本当に役に立たなかったな。

黙っている私も何も言えないけれど……

「あのう、先生。一つ良いですか？」

そこで、今まで黙っていたメラニーが声を発した。

「何ですか。バローさん」

「実は、フランのところのご両親が見に来たいっておっしゃっているんです」

「えっ」

私はぽかんと口を開けた。両親は領地の経営で手を離せないから、出て来る訳はないのだが……

でも、思いっきりメラニーに足を踏まれて、痛さのあまり思わず下を見て頷く形になってしまった。

何するのよ！　メラニー！　私はもう涙目だ。

「そうなんですか？　フランソワーズさん」

「はい」

そのまま涙目で答える。

「でも、ご両親が来られてフランが出ていなかったら、ご両親は落胆、いや、怒り出されるかもしれないんです」

「いや、でも、魔術を使いさえしなければ参加してもらって構わない……というかむしろ、参加しなければいけないのです。それに魔術の件は、前もってお話しておけば公爵様にもわかっていただけると思いますが」

「あの、ラクロワ公爵家のグレースが所属するAクラスがフランの上にあるのにですか？」

畳みかけるようなメラニーの声に、さすがのフェリシー先生も黙る。

父とラクロワ公爵の、母を巡る争いって、そんなに有名なの？

「それに、フランのお母様は学園長を目の敵にしていらっしゃるって聞いたんですけど」

その言葉に反応したのか、学園長がこちらをガン見し始めた。

「これが学園長の策略だと騒ぎ出されないか、それが心配で……」

「ちょっと待て、私は今回の件は何もしていないぞ！」

黙って聞いていられなくなったのか、慌てて学園長が飛んできた。

えっ、学園長ってうちの母が苦手だったの？　顔が真っ青なんだけど。私はそんなの知らなかったのに……何でメラニーは知っているんだろう？

「で、バローさん。そう言うからには、何か頼みごとがあるんですよね」

「はい！　実は最後の種目の点数を倍にしていただけないかなと思いまして」

「最後の種目ですか……」

フェリシー先生が考え込んだ。

最後の種目ってなんだっけ、確かクイズかなんかだったような気がするんだけど。

「でも、最後の種目は元々点数が高いですし、それを倍にですか？」

「そうしてくださったら、フランにご両親が来るのを止めるように言わせますから」

「本当なのか？」

学園長が思いっきり私の方に身を乗り出してきたんだけど。そんなに母が来るのが嫌か。

「は、はい」

その勢いに負けて、私は頷いた。

「それに、たとえ来たとしても最後まで勝負はつかないですし、最後にフランが出て負ければ納得されると思うんです」

「え、私が出るの？」

考えるのは得意じゃないんだけど。

でも、余計なことは言うなと語るメラニーの目が怖くてそれ以上は何も言えなかった。

「それに、そうすれば多くのクラスに平等に、最後まで優勝の権利が残ると思います。その方が皆、最後までやる気がもてると思うんです」

「うーん、しかしですね……」

「だめですか。じゃあ、フランのご両親に学園長が来るなって言っていたって報告させます」

「ちょっと待て！　私はそんなことは言っていないぞ！」

必死に学園長が否定する。見ていて可哀相なくらいに。

「じゃあ、来てもらっても良いですよね」

「いやいや、それは……フェリシー君。一つのクラスだけ優遇するのでないのだから、これくらいは良いだろう」

「まあ、それは確かに……」

反対していたフェリシー先生も、最後には頷いてくれた。

でも、頭を使うのは苦手なのに、なんでメラニーは私にも参加するように言うんだろう？

それよりも私は魔術をぶっ放したかった！

☆

クラスメイトたちは皆、すべてはAクラスの嫌がらせだと決めつけており、ますますやる気を出してくれていた。アルマン率いる剣術戦組と、オーレリアン率いる魔術戦組。そこにメラニーが戦術を与え、私たちは練習を重ねていった。

そして、ついにクラス対抗戦当日を迎えたのだった。

天気も快晴だ。絶好の五月晴れで、クラス対抗戦日和と言えよう。

広いグラウンドに、皆が椅子を並べて座っている様子は、前世における運動会みたいだった。

……もっとも私は参加したことはない。テレビドラマでやっているのを見ていただけだ。

貴族中心の中等部にこのような行事はなかったので、これが人生で初めての運動会だ。

それだけで、つまらない学園長の挨拶も今日の私は感動して聞くことが出来た。

まあ、その次のアドの挨拶は無視したが。

しかし、普通はいつもあまり話さない人ともぜひとも仲良くしてほしいという所を「喧嘩している人ともぜひともこれを機に仲直りしてほしい」と言って、こちらをガン見するのは止めてほしかった。皆面白そうに見てくるし。

アドはあの事件の後、何度かEクラスに来たが、私は完全に無視した。

ピンク頭がアドに話しかけているところを何度も見かけたし、二人で仲良くするのならば勝手にしてほしかった。私の見ていない所で！　私も処刑されたくないし。

さて、鬱陶《うっとう》しい挨拶も終わって、いよいよ選手宣誓だ。

対抗戦委員会のじゃんけんで掴み取ったと言うアルマンが壇上の学園長相手に宣誓するのだ。

「宣誓！　私たちは日頃の練習の成果を存分に発揮し、貴族、平民関係なく、意地悪い外部からの妨害をものともせずに、クラスの仲間と協力し合い、学園旗を奪うことをここに誓います。一年E

組アルマン・ルール」

一斉に拍手が起こる。特に我がE組は歓声を大きく上げていた。

帰ってきたアルマンを皆で迎える。

「ようし、皆、学園旗を取りに行くわよ！」

「「「オーーーー！」」」

皆のやる気は満々だった。


早速第一競技の二百メートル徒競走が始まる。

我がE組の走者はアルマンだった。

最初は三位だったが、応援の声が効いたのか、私たちの前のカーブで一気に抜いていく。

そしてそのまま、トップでゴールインした。

「やったーー！」

私たちは飛び上がって喜んだ。幸先が良い。


「姉上」

「義姉上《あね》」

聞き覚えのある声がして後ろを振り返ると、そこにはヴァンとジェドが立っていた。

「二人共！　応援に来てくれたのね」

私は喜んだが、ふと疑問が浮かぶ。なんでいるんだ？

「でも、あんたたち学校は？」

「何言っているんですか、姉上。今日は土曜日ですよ」

そうだった。高等部はクラス対抗戦だけど、本来であれば今日は休みだ。

「でも、お仕事もあるんじゃないの？」

「それはもう言いっこなしですよ」

「せっかく応援に来てあげたんだから、野暮なことを言わないで下さい」

ヴァンとジェドは笑顔のまま、ブツブツ文句を呟いていた。

まあ、応援は多い方が良いか、と私はおまけくらいにしか考えていなかったのだが、彼らの出番は案外すぐにやってきた。


次は借り物競争だった。

一番はノエルなのだが、カードを取ると青ざめて私のところに飛んできた。

「フラン、大変！　公爵家の人間を連れて来いって」

「次期公爵がここにいるわよ」

私はそう言うと、そのままジェドの手を取ってノエルに引き渡した。

「えっ、姉上⁉」

いきなりのことに、ジェドは驚く。

「はい、すぐに走って」

「えええ、姉上が行けばいいじゃないですか」

「同じクラスの人間はダメなのよ。ほら、さっさと行く！」

ジェドは私に言われて仕方なしに駆け出した。

そのままノエルを引っ張り、一番でゴールしている。さすがは私の弟だ。

でも何なんだろう、借り物競走のお題がいきなり公爵家の人間なんて。

この場にはおそらく私かグレースの親族しかいないはずだ。圧倒的に貴族に優位な借り物である。

奴らは借り物にまで手を回しているのか。Ａクラスの卑怯な企みに、私はムカついた。

「ヴァン」

私は最前列に移動し、ヴァンを隣に座らせた。

そして、もし王子が借り物になったらすぐに突き出せるようにヴァンの手を握る。

「えっ、義姉上《あね》に俺の手を握っていただけるなんて！」

なんかヴァンが喜んでいるけど、これは他クラスの奴が来てもヴァンを死守するためなのだが。

「フラン、俺という婚約者がいながらなぜ、親しそうに弟の手を握っているのだ？」

そんなことを考えていると、アドが怒って飛んできた。

そういえば王子はここにもいた。それも面倒くさいのが。

「ふふふ、聖女様に夢中な兄上が何をおっしゃいますやら。それに比べて、私は義姉上《あね》一筋ですからね」

私がぶすっとしてアドを無視している間に、なんかヴァンは訳のわからないことを言っている。

「シルヴァン殿下、良いところに！」

アドとヴァンが睨《にら》みあう中、今度はオーレリアンが駆けてきた。そして、ヴァンの手を掴む。

「何だ、オーレリアン。せっかく義姉上《あね》と――」

「殿下、借り物競争なんです。すみませんが、一緒に来てくださいね」

「な、なぜ俺が男なんかと手を繋がないといけないのだ」

「ヴァン、頑張って」

文句を言っているヴァンに手を振ると、ヴァンは諦めたように付いて行った。

「ふんっ、弟め、いい気味だ」

何をとち狂ったのか、アドは空いた私の隣に座ろうとした。

ムカついたので、椅子を横にどける。

喜んで座ろうとしたアドは盛大に転《こ》けた。

「ふ、フラン、これはどういうことだ」

「殿下、ここは一年生のクラスの席です。殿下のお席はあちらでは？」

私が二年生の席の方を指差す。

「いや、あのフラン、いい加減に許してくれよ」

アドが困り切った顔で拝んできた。本当に面倒くさい奴だ。

そう、思った時だ。

「殿下ー！」

なんと、ピンク頭が満面の笑みでこちらに走ってきたのだ。

私はそれを見てプチっと切れていた。怒りのまま、アドを思いっきりそちらに突き飛ばす。

「きゃっ」

すると、勢い余ったピンク頭はアドと衝突してしまった。

しかも、アドをその場に押し倒す形となり、ピンク頭はあられもない格好でアドの上に乗っている。

な、な、何てハレンチなことに……！

確かに、押した私が悪かったのかもしれないが、私は怒りを抑えられなかった。

「いや、フラン、これはお前が悪いんだろう」

アドは私の雰囲気を察し、必死に言い訳をする。

「殿下、恥ずかしがらないで、すぐに来て下さい！」

しかし、この空気が読めないピンク頭は、強引にアドの手を引いて駆けて行った。

アドの奴……！

私は怒りのあまり、手に握っていた何かをぐにゃりと丸めてしまった。

「おのれ、ピンク頭め、絶対に許さん」

私の手からは丸まった短剣の残骸《ざんがい》がポトリと落ちた。

第二競技まででトップに立った我がクラスだったが、次の魔術戦では散々だった。何しろトップの私が出られなくて、観客席にいるのだから。

五人出場して、二回戦に進めたのは唯一オーレリアンだけだ。そのオーレリアンでさえ、二回戦は三年生に完敗だった。誰一人として決勝に残れなかったのだ。

剣術はアルマンがなんとか午後からの決勝に残ってくれている。

午前の競技がすべて終わった現在の順位は、最初の預金で何とか真ん中には残っている、という程度だった。

まあ、魔力が足りない中でこの位置にいるのだ。そこそこの結果だろう。

「よし、何とか想定通りよ」

メラニーはこう言っているけれど、本当だろうか？　まあ、メラニーには何か目論見《もくろみ》があるんだろう。

私は気にしないことにした。

そうして腹ごしらえを済ませ、そろそろ午後の競技の準備を始めようとした時だ。

Eクラスの席にガタイのでかい男たちがやって来た。

「よう、アルマン、選手宣誓は勇ましかったが、底辺をうろついているようだな」

確かこいつは、Aクラスの対抗戦委員のアシルだ。近衛騎士団長の息子でもあったはず。

「何を言っている。まだ真ん中だぞ」

アルマンがむっとして言い返した。

「ふん、何とか善戦しているようだが、次の騎馬戦で貴様らを完膚《かんぷ》なきまでに叩き潰してやるぜ」

「貴様らのところの騎馬は女の子にさせるみたいじゃないか。これは捨てゲーなのか？」

アシルたちが馬鹿にしたように笑う。

「ふんっ、図体がでかいだけじゃない」

メラニーがボソリといった。

「何だと？」

アシルがメラニーの胸倉をつかもうとするのを、私は立ち塞がって止めた。

「これはこれは、フランソワーズ様。家が落ちぶれたからって何もこのようなクズクラスにいらっしゃらなくても」

アシルは口元をひくつかせ、嫌味を言ってくる。

「見た目だけのウドの大木に言われたくないわよ」

親友を傷つけられそうになってムカついていた私は、はっきりと言い切った。

「ふんっ！　そう言うことは次の騎馬戦に勝ってから言って下さいね」

「はっ、同じ言葉をお返しするわ」

どこまでも馬鹿にしてくるアシルに、私は啖呵《たんか》を切った。

「よろしいでしょう。あなた方Eクラスの騎馬を一分で沈めてやりますよ」

「やれるものならばやってみなさいよ！」

私たちは睨《にら》み合い、その戦いを制したのは私だった。

「まあ、どちらが泣きを見るかは火を見るよりも明らかですが、よく見ておいて下さいよ」

目を逸らして捨て台詞《ぜりふ》を残すと、アシルたちは去って行ったのだ。

よし！　勝った！

「さすがフラン！」

「ガタイのでかい男たちに囲まれてもびくともしないのね」

ノエルたちが褒めてくれた。

まあ、いざという時はふっ飛ばせばいいだけだから、怯《おび》えはしない。

「で、期待の我がクラスの騎馬戦の大将は誰なの？」

「オリーブよ」

「えっ⁉」

私はメラニーの言葉に固まってしまった。オリーブってあの、大人しい？

「ほらっ、あそこに」

メラニーの指す方を見ると、既に騎馬戦出場者たちが整列している。

我がクラスの馬が一番貧相だった。見た感じ皆痩《や》せていて、Aクラスのように強そうではない。

「えええ⁉　メラニー、このゲーム捨てたの？」

「何言っているのよ。今回も勝つわよ」

メラニーは自信満々だった。

どこからその自信が出てくるのだろう？

もし負けたらあいつらに会うたびに自慢されそうだ。それだけは避けたいんだけど……

今回の騎馬戦は、乱戦方式だ。とにかく他の騎馬のはちまきを取れば良くて、最後まで残っていれば高得点だ。それにプラス取ったはちまきの数が点数化される。

あらためて我がクラスの騎馬を見ると、やはりオリーブを筆頭に馬役も一回り他の騎馬より小さい。こんなの一分と言わず、一瞬でAクラスの奴らに負けるのではないだろうか？

「おいおい、これで大丈夫なのか？」

アルマンも心配そうに言っている。

「大丈夫よ」

メラニーが自信を持って言うので、まあそうなんだろうと私は信じる。

でも、他の皆は不安そうに見ていた。

「用意」

バンッ！

銃の音と共に、一斉に近くの騎馬同士が戦い出した。

うちの騎馬は静かに佇《たたず》んでいるだけだ。

でも、なぜ、他の奴らが襲って来ないんだろう？　言ってしまうと、あんなに弱そうなのに。

「おい、うちの騎馬が消えたぞ！」

私が首を傾げていると、アルマンが驚いて叫んだ。

「えっ、うそ、だってあそこに――」

いるじゃない、と私が指そうとした手をメラニーが止める。

「目眩《くら》ましよ。魔力量の少ない皆には、あなたみたいに見えていないの」

「えっ、そうなの？」

あっという間に次々と騎馬がはちまきを取られて潰れているが、我がクラスの騎馬は初めの位置から微動だにしていない。

うっそー！

私は開いた口が塞がらなかった。こんな手もあったんだ。

メラニーは、クラスの目眩《くら》ましができる者をすべてここに集めたのだ。

その結果、脳筋の多い他クラスの騎馬部隊にはオリーブたちが見えなくなったということだ。

自慢していただけあって、見た目通りにAクラスの騎馬は最後まで残っている。

周りに誰もいなくなったので、彼らは完全に油断していた。もう勝った気満々だ。

「やったー、勝ったぞー！」

Aクラスは皆、勝ったと信じて喜んでいた。その後ろから、オリーブたちがゆっくりと迫る。

そして、オリーブの手がアシルの頭に伸びた。

「えっ？」

その瞬間、ようやくEクラスの騎馬は姿を現した。

アシルははちまきを取られるまで、オリーブの存在に気付かなかったのだ。

「やったー！」

オリーブの手にしっかりとはちまきが握られているのを目にし、私たちは大きく歓声を上げた。

「卑怯だ……！」

「こんなことが許されるのか⁉」

呆然と立ち尽くしていたアシルたちが我に返り、こちらに突っかかってきた。

「フン、馬鹿ね。ルールブックをよく読みなさいよ」

「魔術は使ってはいけないと書いてあるだろうが！」

「攻撃魔術は、でしょ」

「騎馬の攻撃を防ぐのに魔術を使ってはいけないともあるぞ」

「ふんっ、あなたたちから攻撃は受けていないわよ」

Aクラスの男たちが口でメラニーに敵う訳はなかった。あっさり言い負かされている。

「そんな……」

奴らは地団駄《じだんだ》を踏んで悔しがったが、一度ついた勝敗は覆《くつがえ》せない。

おそらく次回からは『目眩《くらま》しは禁止』の一文が付け加えられるだろう……

これで私たちは三位に浮上した。

「よし、これでなんとかなるかもしれない」

「行けるぞ、Eクラス！」

希望を持った皆は、めちゃくちゃな盛り上がりを見せた。

しかしだ。私たちの善戦もここまでだった。

玉入れまではそこそこだったのだが、綱引きは完敗。

剣術では決勝一回戦でアルマンが負けて、気付けば順位は大幅に落ちていた。

一位のアドが所属する二年生のAクラスとの差が二百点。二位のピンク頭とグレースが所属する一年のAクラスとの差は百八十点だった。

最後のクラス対抗クイズは、優勝で百点、一問正解につき二十点だ。

クイズの仕組みは以下の通り。一問正解ごとにゴンドラが上がって行って、十問正解すれば優勝。だが、途中で一問でも間違うと一番下まで落ちてしまうのだ。なおかつ一回休み。

一番下でそれをやると、さらに二回休み。

問題は早押しクイズが半分と、三択のものが半分だ。

で、うちのクラスの回答者は私とメラニーだ。

うーん、メラニーはわかるんだけど、私が出て意味があるのか？

ちなみに、ゴンドラの順番は一番左端から一年のAからE、二年のAから……と、クラス順に並んでいる。

そのため、私たち一年のEクラスの横は二年のAクラス。乗っているのはアドとララ伯爵令嬢。

同じ一年のライバルのAクラスはグレースとアシル。まだ騎馬戦のことを根に持っているのか、こちらに向ける視線が鋭い。

全体優勝するためには、二年のAクラスに六問以上の差をつけて勝たねばならない。

なんか、やる前から無理そうなんだけど……。でもまあ、ここはやるしかない。

「フラン、わかった？　あなたはただひたすらボタンを押していればいいから。三択は押さなくてもいいわよ」

「まあ、それはわかっているけど」

本当にそれだけでいいのだろうか？　まあ、メラニーが言うなら間違いはないか。

「では皆さん。これよりゲームを開始します。問題を読むのはベルタン先生です。司会進行は放送部のエドワールと、なんと聖女様のローズ嬢です」

「よろしくお願いします～」

ピンク頭はなぜか語尾を伸ばしている。

可愛こぶりっ子しやがって！

私は既に怒りマックスだった。

「それでは第一問です」

「世界で一番広い国は――」

司会の声に続き、ベルタン先生が読み上げた。

ピンポン！

「はいっ、一年Eクラス」

早押しの反射神経では私は負けないのだ。

「帝国です」

「はい、正解です。さすがフランソワーズ嬢。反射神経はぴか一ですね」

「はい。私を虐《いじ》める時も素早いです」

「ちょっと待て！　私は虐《いじ》めてなんかいないわよ！」

私は大声で反論した。

「ローズさん。フランソワーズさん。私語は慎《つつし》みなさい」

フェリシー先生に注意された。私は思わず首をすくめる。

これで、一年Eクラスに二十点。ゴンドラが一段上がる。

次の問題も私たちが正解した。これで二段上がった。順調だ。

「では、第三問です」

「世界で一番――」

ピンポン！

今度は焦ったアシルが押したようだ。

「はい、一年Aクラス」

「ちょっとアシル、これでどうやって答えろって言うのよ」

アシルの失態に、グレースが切れていた。

「すみません。早すぎました」

「はい、一番下でのお手つきなので二回休みです」

「うーん、残念ですよね～」

司会に次いで、ピンク頭が残念がる。

自分のクラスの味方をするな、と私は言いたかった。

「では問題の続きをどうぞ」

「世界で一番長い川は――」

ピンポン！

「はい、一年Eクラス」

「ギョーム川です」

メラニーがさらりと答える。

「すごい！　三連取です。さすがフランソワーズ嬢」

「でもなんか顔が怖いです～」

「何ですって!?」

ピンク頭の挑発に、私はぶち切れた。

「そこ、いい加減にしなさい！　ローズさんも人の悪口を言わないの」

「はいはい」

「返事は一度で」

「はいっ」

ピンク頭もフェリシー先生の洗礼を受けていた。ふんっ、いい気味だ。

「では第四問」

「十の八乗は――」

「はい、殿下」

ピンポン！

「一億です」

「はい正解です」

うーん、数学は手が出るのが遅かった。これはアドの得意分野だ。

「さすが殿下。計算高いですね」

すかさず司会の一言。

「おい、どういう意味だよ」

「そうですね。聖女として私が使えると知られた途端に、私に乗り換えられましたから」

ピンク頭の言葉に私はギロリとアドを見下ろした。

「ちょっと待て、フラン、違うからな」

アドが必死に言い訳しているが、私は無視した。

「ちょっと先生！　なんとか言ってください！」

アドがフェリシー先生に泣き言を言っている。さすがアド。私には絶対に無理だ。

「ローズさん。あなた、失言が多すぎます。次やったら交代ですからね」

先生が司会席まで来て、険しい顔でピンク頭に言い聞かせていた。

「はい。すみません……」

どうやらピンク頭もフェリシー先生には頭が上がらないらしい。

次の問題も数学問題で、アドが取った。

「では第六問です」

「フランソワーズ・ルブランさんは動物好きとしても知られていますが、彼女が一番可愛がっているペットは――」

おいおい、どんな問題だよ。私は自分が問題に出てきたのに驚いて、反応が少し遅れてしまった。

というか、私にペットなんていたっけ？

ピンポン！

「はい、一年Aクラス」

「ギャオちゃんです」

「はい、正解です」

えっ!? 何を言ってやがる！

私は手を挙げた。

「すみません。そんなペットいないんですけど、勝手に作らないでいただけますか!?」

「またまた、他人に答えられたからって嘘は良くないですよ～」

「嘘も何も、本当にいないんですけど……ギャオちゃんってなんですか？」

「大きな鳥を飼っていますよね？」

司会が不思議そうな声で聞いてくる。

「いいえ、うちにそんなのいませんよ」

「嘘だ。絶対にいるはずですよ。ゲームではそうなっているし」

ピンク頭が何か言っているけど、意味が全然わからない。

「そこにいる弟のジェドに聞いてもらってもいいですけど、そんなのいないですよ」

「俺もルブランの屋敷で大きな鳥など見たことはないぞ」

横からアドも口を出してくる。

「いや、昔卵を拾って来て孵《かえ》したことがあるでしょう？」

「卵を拾ってなんてないですよ」

司会の質問に答える。

「フラン、昔森の中で鳥の巣を見つけた時のことじゃないか？」

「ああ、あの大きな鳥が襲ってきた時」

私とアドが思い出し始めたら、ピンク頭がやっぱり！　といった風に声を上げた。

「そう、その鳥を一瞬で丸焼きにしたでしょう？」

「してないわよ。弾き飛ばしただけ。そうしたら鳥は私には襲いかかってこなくなったわよ」

なんかピンク頭が失礼なんだけど。問答無用でそんな酷いことはしない。

「そうだよな。なんか巣が近くにあって卵を抱えていたみたいだったから、そのまま帰ったよ」

「えっ、そうなの？」

メラニーまで素《す》っ頓狂《とんきょう》な声を上げた。ええええ!?　設定でそうなっているってこと?

「ちょっと、ローズ、あなた嘘をついた訳!?」

グレースが公爵令嬢らしからぬ形相で叫んでいた。

「おかしいわね～」

おかしいわね、じゃないわよ。私のいもしないペットのことを、何で他の人につべこべ言われなければいけないのよ。

「この問題は無効ということで、迷惑料で一年Eクラスに一問分のポイントを差し上げます」

「えええええ!」

ピンク頭が文句を言っているが、これくらい当然だ。

よし、四問ゲットしたから、これであと六問。これは勝てるかも……!

私は嬉しくなった。そして、油断してしまったのだ。

「では第七問です」

「小麦の生産量が一番多いのはラクロワ公爵領――」

ピンポン!

しまった、途中で押してしまった。私は青ざめた。

「はい、一年Eクラス」

「ちょっと、フラン?」

メラニーもびっくりしているが、答えるしかない。

「さて、問題の途中ですが答えをどうぞ」

「……ルブラン公爵領」

「ブブー！　違います！」

その司会の言葉の後、ダーン！　という大きな音とともに私たちのゴンドラは一番下まで落ちてしまった。

目の前に見えていた優勝が、手から転がり落ちた瞬間だった。

悔しい、あからさまな引っかけ問題に引っかかってしまった。

せっかく調子が良かったのに、こんなことになるなんて。ああ、忌々《いまいま》しい。

何回も練習していたのに……皆から集めた過去問とか色々やっていたのに……

ショックで一回休みの間、私の頭は真っ白だった。

一回休みが終わった後も、さっきの引っかけが怖くて中々押せなかった。

十五問終えたところでトップはアドのところの四問、グレースの二問、他は一問が三クラスだった。

我がEクラスは〇問だった。

「フラン！」

ぼーっとしていた私は、メラニーに呼ばれて振り返る。

すると、バシっと両頬を思いっきり手で挟まれた。

「痛っ！」

「目が覚めた？」

メラニーが、真っ直ぐな目で私を見てくる。

「あなたがお手つきするのは想定内よ。ここから巻き返すわよ」

「……うん、わかった」

なんだか頭がスッキリした。そうだ。まだ、たかだか四問差だ。

そこからは三択問題だった。

でも、そんな単純な三択ではない。

「では、第十六問です。一年Eクラスの担任、私ベルタンの趣味は次の内どれでしょう。一、登山、二、ゴロ寝、三、庭いじり」

「えええええ、こんなのゴロ寝しかないいんじゃない？」

私にはそうとしか思えなかったのだが、メラニーは一を選んだ。

「はい、正解は一の登山です」

未だ正解数がゼロだったクラスは適当に押していたみたいだったが、やはりゴロ寝が多かった。

「えええええ！　ベルタン先生が登山なんて、あり得ない！」

「フラン嬢は後で覚えておくように」

私の大声に、ベルタン先生の引きつった声が響いた。

「おいおい、フラン、ゴロ寝って言いながらお前の答えは登山かよ」

「えっ？」

周りの奴らがブツブツ言っている。

「そんなこと言ったって、押すのはメラニーだし」

文句を言われる筋合いはないので、私は言い返した。

「くそっ、嵌《は》められた！」

周りが言うけれど、たった二回休みになるだけでしょう。

ほとんど関係ないじゃん、と思ったのは私だけみたいだ。

「一年Eクラスの主導権はメラニー嬢が握っているようです。隣の殿下はさすがですね。全くフラン嬢の言うことを信じていません」

「おい、司会、勝手にいらないことを言うな！」

アドが怒っているが、私としても聞き捨てならない発言だった。

「そうか、やっぱりアドは私の言うことを信じてくれないのね……」

私の独り言がなぜか、会場中に響き渡る。

「いや、ちょっと待て、フラン！」

アドは慌てているが、司会は無視して次の問題を始める。私も当然、無視した。

「では、第十七問です。一年D組の担任のレオノール先生の愛用の万年筆は次の内、どれ？」

そんなの知るかよ。誰が作ってるの、この問題？　私は突っ込みたかった。

でも、メラニーはすらすらと答えていくのだ。

三つの選択肢の他、わからなければ棄権という第四の選択肢もあるのだが、それには目もくれない。

結局、棄権したのは五つ目のフェリシー先生の問題だけだった。

「なんであんたはそんなの知っているのよ」

「ゲームでさんざんやり込んだのよ」

こっそり聞いてみると、答えはこうだった。

そうか、ゲームでもこのシーンはあるのか。それでさっきは私のペットについて間違えた問題があったんだ。私はゲームの時のフランではないのだから、中身も色々と変わっているんだろう。

でも、ゲームでは私は巨鳥を飼っていたのか。それはそれで面白かったかもしれない。我が家で飼っているのはペットでなくてジェドとヴァンかな……かわいいし。

二人が聞いたら怒りそうなことをふと考えてしまった。

断罪処刑の未来もこのまま変わってほしいのだが……


二十問終わって、四問正解はグレースのところと我がEクラス、そしてアドのところだった。

「さて、三クラスの争いになってきました。これまでの競技で一位、二位をマークしている二年Aクラスと、一年のAクラス。一方で、一年Eクラスはここまで色々善戦していますが、総合優勝のためには二年Aクラスに六問差で勝って優勝しなければなりません。今は大変厳しい状況なんですね」

「はい、フランさんと殿下の仲みたいです～」

ピンク頭は性懲《しょうこ》りもなく、訳のわからないことを言っている。

「おい、そこ、何を言ってる!?」

「アドなんてこちらから願い下げよ！」

アドと私は内容は違えど、同時に叫んでいた。

「ローズさん、私は先ほど言いましたよね。次に失言をしたら交代だと」

ピンク頭の前には怒ったフェリシー先生が立っていた。

「えええええ！　先生そんな、事実なのに～」

「事実じゃない！」

ピンク頭の言葉に、隣でアドがまた叫んでいる。

結局、ピンク頭はフェリシー先生に連行されていった。

「よし、これで優勝は決定だな」

横でアドが自信たっぷりに言った。

「何言っているのよ、私のところが優勝するに決まっているでしょ」

「そんなに言うんなら、お前のところが勝ったらベルティヨンのパフェを奢《おご》ってやるよ」

「えっ、本当に!?」

私は俄然《がぜん》やる気になった。ベルティヨンは高級パフェ店で、すごい量があるのだ。

よーし、絶対に奢《おご》らせてやる！


「では、第二十一問です」

ピンポンピンポンピンポン！

ここで、ベルがなった。

「特別問題のベルがなりました。この問題に正解すると、二問正解になります」

な、なるほど！　そんなシステムがあったのか。この問題は確実に取らねば。

「次はラクロワ公爵家に関する問題です」

私は唖然《あぜん》とした。ここでそんな問題が出るなんて。

絶対にやらせだ。グレースの奴、何か手を回したに違いない。

でも、こっちにはゲームをやりこんだメラニーがいる。私はメラニーに賭けることにした。

「その唯一の令嬢グレース嬢の専属侍女の名前はなんでしょう」

どのクラスの回答者も皆、唖然《あぜん》としていた。そんなの知る訳がない。

グレースは勝ち誇った顔をしていたはずだ。でも、ボタンを押すのは私のほうが早いのだ。

ピンポン！

「おおお、グレース嬢のいる一年Aクラスではなく、なんとEクラスが押した！」

私はメラニーを見た。

「アンさんです」

メラニーは迷うこともなく言い切った。

「正解です」

「何であなたが知っているのよ⁉」

困惑のあまり、グレースは叫んでいた。

ふっふん、うちのメラニーは特別なのだよ。

そして、私たちのゴンドラが二つ上がった。

ようし、優勝まであと四問。私が気合を入れなおした時だ。

ブー！

終了のブザーが無情にも鳴り響いた。

「はい、問題はここまでです。このゲームの優勝は一年Ｅクラスでした」

司会の声に、皆が一斉に拍手をする。

でも、私はがっかりしていた。クラスの皆も肩を落としている。

あと四問正解すれば、全体での優勝だったのに……

せっかくここまで必死にやって来たのに、後一歩が届かなかったのだ。

この競技では勝てたが、最終得点は四問正解のグレースのクラスとアドのクラスに届かない。

「何をしけた顔してんのよ」

そう言うと、やけに上機嫌なメラニーが思いっきり私の背中を叩いてきた。

「痛いっ！」

私は思わず悲鳴を上げた。

「何すんのよ、メラニー！」

「ほら、行くわよ」

悔しさでぎゅっと握りしめた私の手を取ると、メラニーは思いっきり上に振り上げた。

「フラン、Ｖサインよ」

「何で？」

「何言っているのよ。優勝よ」

「えっ、優勝？」

私の驚いた声が会場いっぱいに響き渡る。

「あなたこそ何を言っているの？　優勝は殿下のクラスよ！」

馬鹿にした声で、グレースが叫ぶ。

「ブブー！　残念でした。我がＥクラスの逆転優勝です！」

しかし、メラニーは明るく言い切ったのだった。

「はい、その通りですね。このクイズの点数は優勝したチームに百点。なおかつ一問正解に付き二十点です。一年Ｅ組は最初に四問正解していますから、今の六問と前の四問を足して十問。合計で三百点プラスです。現在一位の二年Ａクラスは四問しか正解していないですから、八十点しか入りません。始まる前の点差は二百点ですので、差し引きそれをひっくり返したので、優勝は一年Ｅ組になります」

司会が点数の説明をしてくれた。そっか、私たち勝ったんだ！

私はあまりの嬉しさに、ゴンドラの上でメラニーに抱きついた。そのままはしごで地上へ下ろしてもらい、Ｅクラスの皆のもとに向かう。

「優勝だ！」

「やったぜー！」

Ｅ組の連中も座席から飛び出してきていた。皆、誰彼構わず抱擁《ほうよう》を交わしている。

この馬鹿騒ぎは、表彰式の準備が始まるまで続いた。


舞台が片付けられて表彰式になった。

「では、表彰式の前に国王陛下から総評をいただきたいと存じます」

「いつもは学園の行事になんて出席されないのにね」

メラニーと二人で軽く驚く。

「生徒諸君。このクラス対抗戦日和の今日、叡智《えいち》の限りを尽くして切磋琢磨《せっさたくま》する君たちの様子を久々に見せてもらって、私は学生時代に帰った気分だ。私も二十年前にこの場に立っていたことを思い出した。この王立学園は、身分差のない、皆平等の学園を標榜《ひょうぼう》している。しかし、昨年までは高位貴族から順番にクラス分けされていたのも事実だ。そして、このクラス対抗戦で優勝するのも、ほとんどがＡクラスかＢクラスだった。でも、今年はなんと一年Ｅクラスが優勝するという快挙を成し遂げてくれた」

陛下のお言葉を聞いたEクラスの面々は再度盛り上がる。

「やったー！」

「優勝だあああ！」

「へ、陛下！　それは後で改めて発表を……」

学園長が慌てて叫んでいるが、陛下は無視した。

「Eクラスが優勝したのは学園史上初めてなのは言うまでもない。一年Eクラスの皆にはおめでとうと言いたい」

その言葉に、他クラスからも一斉に歓声が上がる。

「そして、今回そのEクラスの中にいたのが第一王子の婚約者であるフランソワーズ嬢だということが私は嬉しかった」

えっ、私？　急に名前を出されて私は少し戸惑った。

「近年、帝国が身分関係なしに有能な人間に政務を任せて急激に勢力を伸ばしているのは周知の事実だ。我が国でもその必然性が叫ばれて久しいが、現実はまだまだ厳しいところにある。この学園のクラス分けも身分によってなされていた。それをあろうことか、公爵令嬢であるフランソワーズ嬢は、強引に自らをEクラスに入れることによって破ってしまったのだ。警備などの色々な問題が山積みなのにだ」

ここでちょっと笑いが起こる。確かに強引だったけど、最終的にはEクラスに入れたのはヴァンの力なんだけどな……

「『身分差をなくしたい』私は口ではそう言ってきた。しかし、Eクラスの中に溶け込んだフランソワーズ嬢を見て、今まではそれ自体が口先だけでしかなかったということに気付かされたのだ。礼儀作法が良くない、人柄ががさつ、剣聖を弾き飛ばした……彼女は色々言われておる。壊した訓練場も、そろそろ片手ではすまないだろう。それでも、今回の件一つをとっても王子の婚約者としてはもったいないくらいだと私は思っている。この言葉を未来の王国を背負う皆の前で言っておきたい。皆は今日はゆっくり休んで、明日からの勉学にまた励《はげ》んでほしい」

陛下の言葉に、皆は一斉に拍手をした。私は褒められたのか貶《けな》されたのか、複雑な気持ちだ。

そして、表彰状と優勝旗の贈呈があった。

「では、優勝を飾った一年Eクラスの代表から一言お願いします」

司会の言葉を聞いて、皆は私を押し出した。

「ええ、私がやるの？」

「あなた以外に誰がいるのよ」

メラニーに当然のように言われ、仕方なくマイクを握った。

「皆さん、Eクラス代表のフランです。陛下のおっしゃったように、学園に無理を言ってEクラスに入れてもらいました。でも、本当はそんな崇高《すうこう》な理由じゃありません。青春は一度しかないから、思いっきり、身分も何も関係なしに、三年間を楽しもうとしただけです」

素直すぎる私の言葉に、陛下が苦笑している。

「今回の色んな作戦も皆が考えてくれて、私は必死にクイズのボタンを押していただけなんです。騎馬戦も、メラニーが考えてくれた作戦をオリーブさんたちがうまく実行してくれただけで、私はほとんど何もしていません。今回の優勝は、目の前のことに全力で取り組んでくれた皆のおかげです。皆、やったぜ！」

「おおおお！」

私の掛け声に、クラスの皆は応えてくれた。

でも、私の喜ぶ姿を、親の仇《かたき》を見るようなどす黒い視線でピンク頭が見ていたのは気付かなかった。


その日の夜は食堂の一角を借り切って、Ｅクラス皆でお祝いをした。

まさか本当に優勝できるなんて思っていなかったので、ちょっと羽目を外しすぎたと思う。

「ようし、フランを胴上げするぞ」

アルマンがそう言って、盛り上がった男子連中が私を胴上げしようとしてくる。

ちょっと、さすがに危なくない⁉

「いい加減にしなさい！」

私が胴上げから逃げているうちに、フェリシー先生が怒鳴り込んできてお開きになった。

フェリシー先生のお小言を聞き流した後、私はメラニーと二人で部屋に向かう。

そこで、中庭の端で動くピンク頭を見かけた。オリーブが何かを言われている。

私はムッとしてピンク頭に文句を言おうとしたのだが、メラニーに止められた。

「なんで止めるのよ。オリーブが虐《いじ》められているじゃない！」

私はメラニーの制止を振り払おうとする。

「よく見てご覧なさいよ。普通に喋っているだけよ。あの二人は幼なじみなんだから」

そう言われてみると、確かにオリーブは気さくにピンク頭と話しているみたいだった。

私はピンク頭に怒鳴り散らすのを諦めて、そのまま部屋に帰ったのだ。


月曜日は振替休日だった。日、月の休日を家で満喫した私は、火曜日の朝は元気いっぱいだった。

朝早いので食堂の人影はまだ少なかったのだが、なぜかアルマンがいた。

「アルマン、こんなに早くにどうしたの？」

私は驚き、理由を聞いてみた。いつもはもっと遅かったはずだ。

「剣術部の朝練だよ。決勝一回戦で負けちゃって皆に迷惑をかけたからな」

アルマンは今から来年に向けてトレーニングに入ったみたいだ。

「何言ってるんだよ。お前は決勝まで残れただろう。俺は予選の二回戦負けだから、もっと迷惑をかけたよ」

オーレリアンもやってきて、すまなさそうに言う。

「オーレリアンは魔術の朝練？」

「そうです。あまりにも情けなかったので、魔術部に入って頑張ることにしました」

私の質問にオーレリアンが答えた。

そうか、皆は更にやる気になってくれたんだ。私は嬉しくなった。

「だって、活躍したのはほとんど数少ない女の子じゃないですか。俺らももっと頑張らないと」

オーレリアンの言う通り、騎馬戦の功労者はオリーブたちだし、クイズはメラニーと私だ。男子は語れるほどの功績を残せていない。

「お前、それで俺のところに来なかったのか」

いつから聞いていたのか、私の後ろからアドの驚いた声がした。

「はい、そうです。殿下の側近としてもあまりにも不甲斐《ふがい》なかったですから」

オーレリアンが答えているが、私は特に反応しないまま食べ続けた。

「フラン、お前のところが勝ったらベルティヨンのパフェを奢《おご》るって約束しただろう……？」

私の機嫌の悪さに躊躇《ちゅうちょ》したのか、恐る恐るだったものの、アドが嬉しいことを言ってきた。

「えっ、あれ本当だったの？」

私は思わず、無視していたことなど忘れて体ごと振り返る。

「当たり前じゃないか」

アドは頷いてくれた。

かの有名なベルティヨンのパフェが食べられる！　あそこは高いし、中々予約が取れないのだ。

「本当に良いの？」

私は念のため、再度確認した。

「ああ、この週末の土曜日はどうだろうか」

アドの言葉を聞き、私はめちゃくちゃ嬉しくなった。

「皆、Eクラスが優勝したお祝いにアドがベルティヨンのパフェを奢《おご》ってくれるって！」

私は大喜びで皆にも伝えた。

「えっ？」

アドが何か驚いている。

「今、奢《おご》ってくれるって確認したよね。やっぱり嘘なの？」

アドの声に嫌な予感がしたため、慌てて私は聞く。

「いやいや、そんなことはないぞ。言った以上は奢《おご》るさ」

力強い言葉とは逆に、アドの顔が少ししょんぼりしているように見える。

「殿下、本当に私たちもよろしいんですか？」

喜んだノエルが弾む声で尋ねている。

「当然だ」

アドが慌てて頷いているけれど、何か挙動が不審だ。

「おいおい、良かったのかよ」

「いや、絶対に、殿下はフランをデートに誘っていたんだと思うぞ」

アルマンとオーレリアンの呟きは最後まで私には聞こえなかった。

うーん、あそこのパフェ本当に食べたかったんだよね。

私はこの週末がとても楽しみになった。

アドが残念そうにしているのはなぜだろう？　それと、メラニーが呆れた顔をしているんだけど……？

☆

土曜日、皆でベルティヨンを訪れると、朝の十時から貸し切りになっていた。さすがアド、店と交渉したんだろう。

野郎ばかりの席が大半で、下手したらこのベルティヨン始まって以来の男性比率かもしれない。

まあ、食べるには問題ないだろう。どうせアドの奢《おご》りだし……

私は女子席の真ん中に座った。

アドが何か言いたそうだったが、私はまだ、ピンク頭との一件を許していないのだ。知ったことではない。

そうは言っても私の断罪のサマーパーティーまで残り一ヶ月と少し、一体どうなるんだろう？

そんなことを考えていたら、目の前に次々に巨大パフェが置かれていく。

「すごい！」

「私、こんなに大きいパフェ初めて」

皆、その大きさに驚いていた。

そうそう、これ、これなのよ！

「では、行き渡ったかな。一年Eクラスの皆。優勝おめでとう」

「「「いただきます」」」

アドの合図に続いて、皆が一斉にスプーンを手にとった。

「美味しい！」

一口食べた瞬間、私は叫んでいた。そして、どんどんスプーンを進める。

「フラン、この席で良かったの？　殿下はあなたに隣に座ってほしそうだったけど」

「良いのよ。私はまだ許していないし」

奢《おご》ってもらっているのに……とノエルは気にするが、私は口を動かしながら答える。

「今回の件だって本当はあなた一人を誘いたかったと思うわよ」

「えっ、そうなの？」

メラニーの呆れ混じりの言葉にノエルが驚いた。

「どう見てもそうだったじゃない。なのに、ノエルがあんなに喜ぶから殿下も引っ込みがつかなかったのよ」

「えっ、ごめん、フラン。邪魔しちゃった」

ノエルが私に謝ってきた。いや、謝るのならアドにだろう。私はどうとも思っていないし。

「いやいや、あの場であぁ言われたら、普通そう思うわよ。元々『お前のところが勝ったら奢《おご》ってやる』だったし、クラスの話だからてっきり全員かと思うじゃない」

「まあ、殿下の言い方も悪かったとは思うけど」

私の文句を、メラニーがまあまあとなだめる。

「フラン様って、殿下に本当に好かれていらっしゃるのね」

ジャクリーヌが微笑ましそうに言ってきた。

「そんな訳ないでしょ」

「いいえ、そんな訳はありますよ。だって、頻繁に一般食堂のフラン様に会いに行かれているじゃないですか」

「陛下に言われて、一般食堂を見に顔を出しているだけよ」

私はにべもなく言い切った。

「でも、殿下は聖女様に気があるんじゃないんですか」

ボソリとオリーブがつぶやく。

そうだ。オリーブの言う通りだ。

「何言ってんのよ。あれはピンク頭が殿下に強引にアプローチしているだけじゃない」

「そうよ。殿下は迷惑そうにしていらっしゃるわよ」

「それに最近の殿下を見ていたら、あなたに必死にアプローチしていらっしゃるわよ」

「ええええ、そうかな？」

私は首を傾げて否定する。

「気付いていないのはあなたくらいよ」

しかし、メラニーにダメ出しされてしまった。

「ま、私はこの学園生活を思いっきり楽しめればそれでいいのよね」

「将来が決まってる女は余裕ね」

私の能天気な言葉に、ノエルがにやりと笑う。

「陛下がフラン様には未来の王妃として期待しているっておっしゃっていましたものね」

ジャクリーヌや他の平民の子たちもそうだと言うが、私には今一つピンとこない。

「そんなことおっしゃっていたっけ……？」

「何度でも言うけど、わかっていないのはあなたくらいよ」

私の驚いた声に、メラニーは今度こそため息をついた。

「そうかな、でも、アドの気持ちもあるし……」

「俺はずっとフラン一筋だ」

女子トークをしていたのに、後ろからいきなりアドが顔を出した。

「な、何をいきなり言うのよ！」

私は驚き、真っ赤になって叫ぶ。

「ずっと前から言っているだろう？」

「こ、こんなところで言うな……！」

なんで皆の前で言うのだ。それに、白々しい。ピンク頭の世話もしていたくせに……

思い出すと、むかっ腹が立ってきた。

思いっきりアドの向こう脛《ずね》を蹴飛ばしてやろうかと思った時だ。

「オリーブお姉ちゃん！」

店の扉が勢いよく開き、いきなり孤児院の子供が飛び込んできたのだ。

「どうしたの？」

慌ててオリーブが子供に駆け寄る。

「ローズお姉ちゃんが攫《さら》われたんだ！」

「えっ、ローズが？」

オリーブの声に私は慌てて扉の方を見た。

「殿下！」

するとそこに、兵士の一人が飛び込んできた。

「どうした？」

「いま、聖女様が攫《さら》われたと教会から連絡がありました」

兵士も焦っていたのだろう。皆の前だというのに大きな声で叫んでいた。

「聖女が誘拐されただと。教会は何をやっていたのだ？」

「詳しいことはまだわかりませんが、至急王宮にお戻り下さいとのことです」

「わかった。皆、申し訳ないが失礼する」

アドは兵士について出ていこうとしている。

「アド、私も行こうか」

そこで、私も申し出た。

「えっ、でも、フラン様は聖女様とは合わないのでは」

オリーブが驚いたように口を挟んできた。

「うーん、まあ彼女にはムカつくこともあるけれど、一応同じ学園の生徒だから」

そう言うと、私は立ち上がった。

「そうだな。フランには申し訳ないけれど、頼めるか」

「じゃあ、皆ごめんね」

私と同時に、オーレリアンも立ち上がる。

「後は任せておけ」

そう言うアルマンに手を挙げて、私たちは外に出た。

☆

既に用意されていた王宮の馬車に三人で乗り込む。

「現状はどうなっているの？」

「孤児院を慰問《いもん》していた聖女が、近衛が席を外した隙にならず者たちに攫《さら》われたらしい」

席を外すなんて、護衛の意味がないじゃないか。情けない話に、ため息をついてしまう。

「何しているのよ。基本ができていないんじゃないの？」

「確かに、少し、鍛え直す必要があるな」

「で、聖女はどの方向に攫《さら》われたの？　近衛が追いかけたんでしょ」

「その後のことは情報が入っていない。詳しいことは王宮に着けばわかるだろう」

アドがそう言うので、私は王宮に着けば細かいこともわかると思っていたのだ。

でも、王宮に着いても状況は混乱していた。

「一体どうなっているのだ⁉」

ダンベール中央騎士団長の怒鳴り声がしている。

「そうは言われても、現在捜査中だ！」

この声はグロヴレ近衛騎士団長だ。

叩き上げの中央騎士団長と、侯爵である近衛騎士団長は元々合わないのだが、今回も早速いがみ合っているらしい。

「何を争っているのだ。今は一刻も早く聖女を見つけなければならない時だろう」

部屋に入るなり、アドが仲裁に入った。

「これは殿下」

二人は言い争いを止め、頭を下げる。

「一体どうなっているのだ？　全然連絡がないし、状況が全くわからないのだが」

「申し訳ございません。ただ、聖女様のお命がかかっておりますので、余計なことは言えず……」

「で、今はどうなっているのだ」

アドが本題に突っ込んだ。

「しかし、外部の人間がいる前では」

「構わない。フランは戦力になる」

「……殿下。ルブラン公爵令嬢は聖女を日頃から虐《いじ》めておられたとか」

えええ、近衛騎士団長の頭の中ではそうなっている訳？　それとも巷《ちまた》の噂がそうなの？

「何を言っている、グロヴレ。フランは未来の王妃だぞ。その彼女がなぜ、聖女を虐《いじ》める？」

何かアドのその説得の仕方は違うような気がする。別に王妃になりたくはないんだけど……

「そもそも、フランソワーズ様が虐《いじ》めなどまどろっこしいことをされる訳はなかろう」

「そうだ。こいつが切れたらこの前の剣聖を相手にした時のように、一撃で終わりだぞ」

中央騎士団長とアドはとんでもないことを言ってくれる。

「ちょっと待ちなさいよ。いくら私でも、素人相手に本気にはならないわよ」

私が文句を言った。

「まあ、何にしろ、直接しばいたとか、蹴り上げたとか、服を目の前でビリビリに破いたとか……やるとすればこうだろう。フランソワーズ様は陰に隠れてコソコソされる方ではないぞ」

「衆人環視の中でやってしまうから、誰が見ても即座にやったことがわかるだろうな」

この二人、めちゃくちゃムカつくんだけど。

「しかし、今回の誘拐事件においては重要参考人だと思われるのですが……」

「そんな訳あるか。近衛騎士団長、お前は何年フランを見ているのだ？　フランのやったことで。

即座に犯人がフランだとわからなかったことがかつてあったか？」

「そうですな」

私を疑っていたはずの近衛騎士団長は、反射的に頷いていた。横の中央騎士団長も頷いている。

確かに私がやらかしたことは基本的にすぐに見つかって叱られる。

でも、そこであっさりと頷かれると私にも思うところがあるのだが……

「わかりました。ならず者は騎士の席を外した隙をついて、孤児院で聖女様を攫《さら》った後に西の町に逃亡しました。殿下が一緒に慰問《いもん》していただけていたら、護衛の数も多く、聖女様が拐《かどわか》されることもなかったでしょうに」

「殿下は聖女の護衛ではないのだぞ」

中央騎士団長の言う通りだ。

でも、あいも変わらずアドは聖女に誘われているってことね。私の機嫌はぐっと悪くなった。

「そして、現在犯人グループから殿下宛ての手紙が届いています」

「おい、そう言うことは早く言えよ！」

中央騎士団長が怒って言った。

「聖女を助けたければ一番町の公会堂の裏に殿下お一人で来てほしいとのことです」

近衛騎士団長はここで一度言葉を切り、私をじっと見つめた。

「手紙には、ルブラン公爵家の紋が描かれておりました」

「はいっ？」

私は近衛騎士団長が何を言っているのか一瞬理解ができなかった。

「だからてっきり、フランソワーズ様が誘拐なさったのかと……」

「そんな訳ないでしょ！　私が犯人だったら、いくらなんでも家紋が入った便箋《びんせん》なんて使わないわよ」

「そ、そうなのですか？」

近衛騎士団長が本気で驚いている。

そこは疑問に思うな、と言いたい。私をなんだと思っているのだろうか。

「当たり前でしょ！」

私は近衛騎士団長を思いっきり張り倒しそうになった。

「しかし、状況証拠を見る限りでは、ルブラン公爵令嬢が殿下に近づく聖女様を気に入らず、ならず者を雇って攫《さら》わせたということになります」

近衛騎士団長は何を言い出すのだ。

「グロヴレ近衛騎士団長、お前は本当にそう思っているのか？　何度も言うように、フランが切れたら、ならず者を雇うなんてまどろっこしいことはしない」

「ご自身で教会に殴り込みをかけられて、教会もろとも爆裂魔術で灰にされるかと」

「ま、左様でございますな」

なんか三人共、変に納得しているんだが、こいつら三人共まとめて燃やしてやろうか、本当に。

「で、殿下はどうされますか？」

「やむを得ん。私が一人でいこう」

「それは危険よ。私がアドに変装していくわ」

アドじゃ頼りないと思い、私が申し出た。

「身長も違うし、それは不可能だろう」

アドに即座に却下されたが、なおも言い募《つの》る。

「でも、強力な魔術師とかがいれば、アドの魔術では防げないわよ」

「いや、そんなことは……」


「難しいですな」

アドの否定に、騎士団長二人の言葉がかぶさった。

「じゃあどうするんだよ」

自分の魔術を完全に否定され、アドはちょっとむくれている。

「ここは、フラン様が侍女に変装してついて行っていただければ」

「一人で来いというのに、侍女を連れて行って良いのか？」

「まあ、侍女ならば警戒されないのでは……」

「そんな訳ないだろう！」

アドは色々反対したが、結局は私が侍女の姿でついて行くことになった。


「……このスカートは短すぎないか？」

アドが侍女服の私を見て、不機嫌そうに言った。

「そうかな？」

適切なスカートの丈なんて、私にはよくわからない。

まあ、確かに少し恥ずかしいんだけど、こんな衣装を着たことはなかったので、新鮮だ。

「ま、時間がありませんから」

近衛騎士団長の言葉で、私たちは聖女が捕まっている所に向かったのだった。

なんだか、あんまりいい予感はしない。

言いようのない不安を抱えていると、馬車の中でアドがこちらの足元をチラチラ見てきた。

「な、何よ」

「……やっぱりスカートの丈が短いって」

「でもこれ、王宮の侍女の服よ。いつもアドは侍女をそういういやらしい目で見ているのね」

「いや、誤解だ。俺はフランしかそういう目で見ない」

「えっ！」

アドの衝撃の発言に、私は目を見開いた。そ、そんな目で私のことを見てたの？

「違う、そうじゃなくてっ」

「ふんっ、アドがいやらしいことは良くわかったわ」

私はアドの言い訳を遮り、そっぽを向いた。

「いや、違うって。いやだから、まあ、男なら婚約者の体を見て興奮してもいいだろう！」

アドは言い訳が思いつかなかったようで、ついには開き直った。

「な、何を言うのよ……」

私の顔はなぜか真っ赤になってしまった。

普通、ここはひっぱたいても良い場面なのでは。でも、顔が熱くてそれどころじゃない。

「そのくせ、この前はピンク頭に密着していたじゃない。女なら誰でも良いんでしょ！」

「何を言っているんだ。あれはいつもはボドワン枢機卿《すうききょう》がやっていたから、その代わりをしていただけだ。あいつのことなど何とも思ってない」

「それで女の子の汗を拭く訳？　私が王宮で苦しんでいる時は傍にもいてくれなかったのに……」

「いや、だから、その節は本当に申し訳なかった。次からは絶対にフランの傍にいるから、だからもう許して」

アドが真剣な顔で頭を下げてくる。

でも、私は別にアドにペコペコしてもらいたい訳じゃない。

「別にピンク頭が好きになったんだったら、いつでも別れてくれていいから」

「フラン、いい加減にしてくれ！」

顔を上げたアドは今度はなぜか怒っている。

「俺が好きなのはフランだって言っているだろう」

「今までの行動では、そうは思えないわ。帝国の皇女にもデレデレしていたってヴァンに聞いたし」

いくら友達に言われても、アド本人に言われても、やっぱり私は信じられないのだ。

「すみません。お二方、仲がよろしいのは結構なのですが、そろそろ現場に着きます」

御者をやってくれている中央騎士団長が窓を開けて声をかけてきた。

「そうか、これも周りから見たら痴話喧嘩《ちわげんか》なのか！」

「そんな訳ないでしょ」

変なところに喜んでいるアドに、私は切れそうだ。

そして、馬車が暗い路地に止まる。アドと私は馬車から降りた。

アドが前に立ち、胸を張って歩いていく。私はその後ろを侍女らしく頭を下げぎみに、ゆっくりと歩いていった。複数の気配を感じるが、魔術師はいないみたいだ。

「おお、本物の王子様が来たぜ。さすが聖女様だ」

下卑《げび》た笑いを浮かべて、やくざ者と思《おぼ》しき男が喜んでいる。

「ちょっと待て。一人で来いと言ったのに、なぜ連れがいる？」

兄貴分らしき男が後ろの私を見て文句を言った。

「侍女くらい、連れてきても良かろう」

「人質が一人増えたと思えば良いじゃないですか、兄貴。それに、可愛い子ですよ」

よだれを垂らしそうな目で、子分は私を見た。

気持ち悪いが、ここはぐっと我慢だ。聖女の無事がわかるまではじっと我慢。

私は念仏のように思った。

「聖女はどこにいる？」

「ふんっ、こっちにいるぜ」

男たちは公会堂の横の建物に私たちを招き入れた。

寂《さび》れた、昔は倉庫か何かに使われていたみたいな建物だ。中には人相の怪しい、いかにもその筋の者と思《おぼ》しき奴らが十名ほどいた。

子分がドアを通ろうとした私の胸に手を伸ばしてきたので、足を思いっきり踏んでやった。

「ギャッ」

反撃されるとは思っていなかったのか、子分が足を押さえて悲鳴を上げる。

「どうした？」

「足を打ったみたいよ」

振り返った兄貴分に尋ねられ、私はしらっと答えた。

「ふんっ、元気の良い姉ちゃんだな」

兄貴分は何かを察したのか、不穏な笑みを浮かべる。

「聖女はどこにいる？」

アドの質問に、兄貴分は無言で奥の部屋を指差した。アドが扉を開ける。

アドに続いて私も入ろうとしたが、止められてしまった。

「おっと、入るのは王子様だけだ。侍女さんはここで俺たちの相手をしな」

兄貴分は下卑《げび》た笑いを浮かべた。背筋がゾクリと粟立《あわだ》つ。

アドが私を振り返って見ているが、大丈夫、と私は頷いた。

「アドルフ様！」

部屋の中からは、ピンク頭の切羽つまったような、しかし歓喜に震えた声が聞こえる。

一方で男たちは私に手を伸ばそうとしてきて、私の我慢は限界を迎えた。

私は無詠唱で爆裂魔術を発動した。

凄《すさ》まじい閃光が走って、男達たちは一瞬で建物ごと屋外に弾き飛ばされたのだった。

その衝撃で、聖女の閉じ込められていた部屋の壁もすべてなくなった。

振り返った私がそこで見たのは、聖女に抱きつかれているアドの姿だった。

「えっ」

私は一瞬でカチンと来た。

私がいやらしい視線に耐えている間に、アドはピンク頭と抱き合っていたのか！

突然部屋がなくなったことに驚いた顔をしているアドの頬を、私は思いっきり張り倒した。

「フラン！」

アドの声が聞こえた気がしたが、無視してそのまま駆け出す。

目からは熱いものが漏れだしていた。

爆発音を聞いた騎士たちが一斉に飛び込んできたが、その流れに逆らうように私は現場から飛び出した。

だって、アドの態度がなんかもう、許せなかったのだ。

私一筋だって宣言したところだったのに、言ったそばからピンク頭と抱き合うなんて……

ピンク頭はアドの背中に手を回して思い切り抱きついていた。そして、あのでかい胸をアドに擦りつけていた。絶対に。

私はもう許せなかった。完全にぶち切れていた。

途中で路地に入った気もしたが、止めようとした者がいたような気もしたが、すべて無視した。

断罪されないためには、さっさとアドとピンク頭がくっついてしまって、私と婚約破棄してくれるのが一番良いのは理解できる。理解できるのだ。

でも、理解できるのと感情で納得できるのは違うのだ。

アドは私のことが好きだと言ってくれたが、本当にそうなのか？

中等部の時、アドは散々私以外の女を侍《はべ》らせていた。だから、そんなのは信じられなかった。

メラニーはアドが私に執着しているとか、訳のわからないことを言っているけど。

だったら、なぜ、他の女と抱き合うの？

アドと抱き合っているピンク頭のことを思い出すだけでムカムカした。

私にないでかい胸を自慢して、勝ち誇った顔をして、ピンク頭は笑っていやがったのだ。

本当に許せない！

私の怒りは頂点に達していた。

でも、その瞬間なぜか、驚いたアドの顔が脳裏に蘇《よみがえ》った。私に張り倒された時の顔が。

女と抱き合っていたくせに、何を驚くのだろう？

もしかして、何か理由があった？　私は少し冷静になった。

その時だ。目の前に突然現れた騎士にぶつかってしまったのだ。騎士は吹っ飛んだ。

「隊長！」

周りの騎士たちが慌てて、飛ばされた騎士に駆け寄る。

「ダメだ、脳震盪《のうしんとう》を起こしていらっしゃる。直ちに救護班を呼べ」

「えっ、大丈夫？」

はっと我に返った私は、飛ばしてしまった騎士に駆け寄ろうとした。

しかし、その前に別の騎士が立ち塞がる。

「ルブラン公爵令嬢、フランソワーズだな」

騎士に聞かれて、私は頷いた。しかし、何か違和感を感じた。

そうだ、一応私は公爵令嬢だ。それが騎士に呼び捨てにされた。

クラスメイトにはそれを許していたが、普通、公《おおやけ》の場面ではありえないことだった。

「聖女様誘拐事件の容疑者として、お前に拘束命令が出ている。神妙にしてもらおう」

「はいっ？」

突然すぎて、私は何を言われたのか理解できなかった。

ガチャリ。

しかし次の瞬間、私の手首には魔術防止用の手錠がしっかりと嵌《は》められたのだった。

私は頭の中が真っ白になった。

えええええ！　生まれて初めて手錠をかけられてしまった。

いや、アドと誘拐された時のための練習で何回か手錠はかけたりかけられたりしたことはあった。

でも、騎士に拘束されるのって初めてだ。

まさか、公爵令嬢たる私が手錠をかけられるなんて……

「ちょっと、逮捕する前に、捕まえる理由を言いなさいよ」

私は馬車に連れ込まれた後に、騎士をきっと睨《にら》みつけながら言った。

「今言っただろうが。聖女様誘拐事件の犯人だからだ」

「何言っているのよ。あんた、騎士でしょ。私が身を張って聖女を救出に行ってあげたのは知っているわよね」

「うるさい！　お前の従者が『聖女を誘拐して傷物にしろ』と、お前に命じられたとはっきりと白状したのだ」

「はああああ？　私の従者って、アリスがそう言ったってこと？」

私のアリスがそんな嘘を言う訳ないじゃない。私にお菓子を買いに行けって命令されたって文句を言っているのならわかるけれど。

「アリス？　誰のことを言っているんだ？　アントンという従者だ」

「そんな名前、聞いたことがないんだけど」

王都の公爵家は節約のため、雇う人数も抑えているのだ。そんな名前の使用人はいなかったはずだ。

「何を言っている。本人はお前の雑用係として散々こき使われたと言っているぞ」

「あんたこそ、何言っているのよ。私の雑用係って、そんな奴は知らないわよ。そりゃ、アリスにはケーキを買ってきてって頼むこともあるけど、同じだけ私も並んでいるわよ。お土産も買って帰っているんだから」

「ふんっ、貴様の従者を知らないとしらを切るなど、バレたら、早速トカゲの尻尾切りか？」

騎士は馬鹿にした様に吐き捨てた。

「トカゲの尻尾切りって言うけどね、そもそもそんな奴、私の従者にはいないってば！」

この騎士の失礼な態度に、私はカチンときていた。

「オーバン、ルブラン公爵令嬢様に手錠をかけるなんて、やりすぎだと思うぞ」

一緒に乗ってきた騎士の一人がやっと言ってくれた。そうだ。その通りよ。

「いや、正義は必ず行われるべきだ。そもそもこの女は、聖女様を取り巻きを使って虐《いじ》めていたんだぞ」

何かこの騎士、私が悪役令嬢みたいに言っている。そんなことは一切していないのに。

「ちょっと待ちなさいよ。私はピンク頭を虐《いじ》めてなんていないわよ」

「ほら見てみろ。聖女様をピンク頭なんて呼んでいるじゃないか」

「聖女をなんて呼ぼうが勝手でしょ。あんたたちも私のことを脳筋とか化け物とか、陰で言っているじゃない」

「えっ、いや、そのようなことは……」

もう一人の男が慌てふためいて言い訳したが、目が泳いでいた。

「図星だったみたいね。それとどう違うか、言ってもらおうじゃないの！」

「貴様と聖女様とは違うのだ」

ああもう、話にならない。どう違うかって聞いてるのに！

「どう違うのよ。答えになっていないわ。あの淫乱《いんらん》聖女、男と見れば言い寄っているじゃない。聖魔法が使えれば何しても良い訳？」

「だからって、皆で寄ってたかって虐《いじ》めて良いのか？」

「虐《いじ》めてないって言ってるでしょ。それに、あんた何か勘違いしているんじゃない？　あのピンク頭、見た目と違ってメチャクチャ図太いわよ！」

「そんな訳あるか！　聖女様は物すごく清らかな方なのだ」

ダメだ。この男は完全にピンク頭に洗脳されている。あの聖女のどこが清らかだ。あいつが清らかなら、私は聖母マリア様みたいに心の広い優しい方になるはずだ。

「もう良いわ！　責任はあんたのとこのトップにとってもらうから」

私は言ってもわからないこの騎士は無視することにした。

責任は中央騎士団長か、そうだな、アドに取ってもらう。

「何を言う。我々は職務を忠実に行っているだけだ。たとえ公爵令嬢といえども、法を犯せば捕まるのだ」

「碌《ろく》な証拠もないのに？　誰だか知らない奴が、私がやったって言ってるだけでしょ」

「それで十分だろうが」

「何言ってるのよ。じゃあ、馬車の中であんたたちに襲われたって私が言えば、あんたたちは絞首刑になる訳？」

私の言葉に二人はギョっとした。こんなことも考えつかないで、よく騎士になれたものだ。

「だってそう言うことでしょ。私も全く覚えのないことを言われてるのに」

「いや、それはだな……」

「そもそも、あんたたち中央騎士団よね。今まで何回あんたたちの代わりに私が現場に突入してあげたと思ってるのよ」

私はいつも助けてあげている騎士たちに身に覚えのないことで拘束され、ぶち切れていた。

余計なお世話だったのかもしれないが、人質立て籠《こも》り事件で四回くらい、アドと二人で強引に参加して突入した実績があるのだ。

「そんなのは知らん」

「はあああ⁉」

私はその自分勝手な騎士の言葉に更にヒートアップした。

日頃助けてもらいながら、その手のひら返しのセリフは何だ。

「いや、フランソワーズ様。こいつは最近、近衛騎士団から移って来たばかりで」

もう一人が必死に言い訳しているが、そんなの知らない。

「知らないって、何よ！　人質とあんたたちに死人が出たらいけないと思って代わりに突入してあげたんじゃない。まあそれは無理やりだったかもしれないけれど、死人はゼロよ。ゼロ。今回もそうしたのに何で犯人扱いされる訳⁉　聖女とあんたたちのために動いた私に手錠をかけるってどういうことよ⁉」

言いながら、私はとても感情的になってきた。

そうだ、私は精一杯皆のために、ピンク頭はムカつくけれど可哀想だと思って、救出に参加したのだ。ちゃんとピンク頭を助けてあげたのに、その誘拐犯扱いされて手錠を嵌《は》められるなんて、どういうことよ。

そう思うと、目から自然に涙が流れてきた。

「な、泣けばいいというものではないぞ」

オーバンが必死に言ってきた。いくら自分勝手でも、さすがに女の涙には弱いらしい。

その時、いきなり馬車が急停車した。

私はどこにも掴まれなくて、目の前のオーバンに向かってダイブしてしまった。

「ギャっ」

私を受け止めた衝撃でオーバンが叫ぶ。オーバンをクッションにしたため、私に被害はなかった。

「フラン、大丈夫だったか？」

扉が開いて、アドが中を覗きこんできた。どうやら既に王城内には入っていたようだ。

「えっ、フラン、どうしたんだそれ？」

私の手錠姿を見て、アドが驚きの声を上げた。私は怒りを込めてアドを睨《にら》みつける。

「あんたが、嵌《は》めろって言ったんじゃないの？」

「そんな訳ないだろ！　何をしている⁉　すぐにフランの手錠を外せ」

アドが左右の騎士に命じるが、私に手錠を嵌《は》めた奴が外す訳がない。

「殿下、この者は聖女様誘拐の主犯で――」

オーバンはまだ世迷《よま》い言《ごと》を言っている。

「貴様、俺の婚約者にそのようなことを言うなんて、不敬罪で処刑されたいのか？」

アドがなぜか怒って、オーバンに厳しい目を向けた。

「しかし、殿下の婚約者といえども、法を犯せば――」

「フランがそのようなことをする訳がないだろう！　犯人は帝国の間者だと吐いたぞ」

「そ、そんな……」

「な、何をしているのだ⁉」

そこへ慌てて、中央騎士団長が飛んできた。

「閣下、聖女誘拐犯を捕まえました」

「愚か者！　何をしているのだ。聖女誘拐犯は帝国の命を受けていたと、アントンとかいう男が吐いたわ。フランソワーズ様に命じられたと言うように指示されていたそうだぞ」

「そんな馬鹿な」

男は自分の信じていたものが否定されて、呆然としていた。

「そもそも俺は、くれぐれも丁重《ていちょう》にお連れしろと伝えたはずなのだが？」

「へええ、丁重《ていちょう》にって、手錠を嵌《は》めることだったのね」

私は完全に切れていた。涙もオーバンに顔をぶつけた時に引っ込み、もう切れすぎてかえって能面のような無表情になっていた。

「いえ、そんなことは……。何をしている、直ちにお外ししろ！」

オーバンじゃない方の、比較的ましだった騎士に手錠を外してもらった。彼の顔面は蒼白だ。

「フラン、今回のことは――」

アドが何か言おうとしたが、私はもう何も聞きたくなかった。

「もう良い。あんたとは二度と話したくない」

アドの顔すら見たくなかった。

「もう二度と騎士団の仕事もしない。今回の件で、皆が私をどう思っているかがよくわかった」

「いや、あの、フランソワーズ様……」

中央騎士団長が必死に言い訳をしようとしていたが、全て無視した。

「ジェド！　寮に帰るから、馬車を用意して」

「はいっ！」

遠くから私を見ていた弟を呼ぶと、慌てて飛んできた。そしてきぱきと指示を出す。

「フラン、俺が送るよ」

私はそう言ってきたアドを無視して、ジェドの用意した馬車に乗って王城を後にした。

☆

怒りが治まらないまま寮に帰ってきた私は、早速メラニーのところに愚痴《ぐち》を言いにいった。

「どう思う？　騎士団の奴ら。許せないわよね」

私は地団駄《じだんだ》を踏んで文句を言った。

「まあ、そうよね」

しかし、メラニーは諸手を挙げて頷いてはくれなかった。なんだか含みのある言い方だ。

絶対に私を馬鹿にしている。

「メラニー、何か言いたいことがあるなら言いなさいよ」

「えっ、でも、私もフランの怒りを買って燃やされたくないし～？」

メラニーがめちゃくちゃに煽《あお》ってくる。

「どういう意味よ。私は誰彼構わず攻撃したりしないわよ」

本気じゃないとはわかっていても、こんな言い方をするなんて酷い。

「でも、いつもあなたは殿下を引っ叩いているじゃない」

「あれは、アドがピンク頭と抱き合っているからでしょ」

「ふーん……？」

メラニーのこの、私をお子様扱いしているというか、見下したような態度が気に入らない。

「もう良いから、早く言いなさいってば！」

かと言って、私ではメラニーに口で勝てない。反撃は諦めて、早く言えと促す。

「じゃあ一つ目。あなた、帝国の奴らの味方をしたい訳？」

メラニーはとんでもないことを言いだした。

「そんな訳ないでしょ！　なんで私が帝国の味方をしなきゃいけないのよ！」

いくらなんでも、言っていいことと悪いことがあるでしょ。私はメラニーを睨《にら》みつけた。

「だって、してるじゃない」

「どこがよ」

ひょうひょうとした態度を崩さないメラニーに、苛立《いらだ》ちが募《つの》る。

「じゃあ、帝国はなぜ、我が国の騎士にあなたを拘束させたと思う？」

詰め寄る私に、メラニーは逆に聞いてきた。急に問いかけられ、私はぐっと言葉に詰まる。

「……私と騎士団を喧嘩させるため？」

少し考えてから私は答えた。

「そう、よくできました」

メラニーはパチパチとわざとらしく手を叩いた。うーん、完全に私を馬鹿にしている。

「でも、騎士団の奴らったら酷いのよ。陰で私のこと、化け物とか脳筋とか言っていたんだから」

「ふーん、で、あなたは本物の脳筋になりたい訳？」

メラニーは私を慰《なぐさ》めてくれないどころか、白い目を向けてきた。

「そんな訳ないでしょ！」

「だったら、もっと頭を使わなきゃ。あなたが騎士団と喧嘩したら、史上最強と言われるルブラン公爵軍と騎士団の仲も悪くなるってことよ。それで喜ぶのはどこ？」

メラニーは怒りで何も見えなくなっていた私の考えを、一つ一つ整理してくれている。

「帝国よ。……でも、私、騎士団に手錠をはめられたのよ」

私は半泣きになった。何も悪いことをしていないのに手錠を嵌《は》められて、私の心は傷ついたのだ。

「わかっているわよ。わざわざ、聖女に洗脳されている脳筋騎士に嵌《は》められたんでしょ。当然、そいつには罰を受けてもらわないと」

「罰を受けさせたら、許さなきゃダメ？」

私は罰くらいで簡単に許したくなかった。

「だってこのままじゃ、その脳筋騎士、あなたの弟か第二王子殿下に始末されるわよ」

メラニーがとても物騒なことを言っている。

「えっ、何言っているのよ。あの二人がそんな酷いことする訳ないでしょ」

「前にも言ったじゃない。あの二人は腹黒設定なのよ。それも歪んでいるの。ヒロインルートじゃ、ヒロインを虐《いじ》めた奴らに仕返しに酷いことをするんだから。ゲームであなたを処刑するのは、あの二人なのよ」

そういえばそんなことを聞いたかも。でも、私の知る二人とは違いすぎて、すっかり忘れていた。

「それ、本当なの？」

私にはやっぱり信じられなかった。あの優しい二人に私が処刑されるの？

「ゲーム上ではね。この世界では見ている限り、あなたがそうされることはないわ」

「それならいいけど」

私はメラニーの言葉に安心して、胸を撫でおろした。

「どう見てもあの二人はあなたに夢中だから」

ホッとしたあまり、次のメラニーの言葉は聞こえていなかったのだ。


メラニーによると、アントンとかいう帝国の密偵《みってい》は、我が家の前にわざと倒れて、仮病《けびょう》とは疑いもしない優しい使用人たちに助けてもらったのだそうだ。その男はそれを恩義に感じて屋敷内の雑用をするふりをして、我が家の情報を得ようとした。

不審に思ったジェドが調べようとした時には既に屋敷からいなくなっていたという。その行方を捜しているうちに、今回の事件が起こったらしい。私はまんまと嵌《は》められたという訳だ。

その密偵《みってい》は私に命令されたと供述した後、騎士団から逃げ出そうとした。しかし、すぐにジェドとヴァンに捕まってしまったそうだ。

「あの二人にあっという間に洗いざらい吐かされたって」

「……そうなんだ」

メラニーはさも当然のように言うんだけど、あの二人はどうやって情報を吐かせたんだろう？

帝国の密偵《みってい》は口が堅いと有名なのに。

「それで、やっぱり騎士団を許さないとだめなの？」

「あなたも往生際が悪いわね。帝国の陰謀に嵌《は》まりたいの？」

「うーん、それは、嫌よ」

私は嫌々ながら頷いた。

「でも、ただでは許せない。あいつらにも罰を与えてよね」

「任せておいて。フランが納得できるようにさせるから」

そう、私は罰の内容をメラニーに任せてしまったのだ。メラニーの考える罰なんて碌《ろく》なことがないに決まっている。この時、私はそれをよく考えていなかった。

「で、殿下も許してあげるの？」

さらにメラニーはまた、とんでもないことを聞いてきた。

「なんで許してやる必要があるの？　あいつはまた、ピンク頭に抱きつかれていたのよ。何度目だと思っているのよ」

「そうよね。本当に脇が甘いわよね」

メラニーが呆れ顔で頷いた。

今の流れで、ここでメラニーが私に同意するのはおかしい。絶対に何か腹に一物あるという顔だ。

「じゃあ、婚約破棄するの？」

メラニーがいきなり考えてもいないことを言ってきた。

「えっ、そりゃ、あれだけ女たらしだし」

そうだ。あんな女たらしと婚約している必要はないと、私は自分の心に言い聞かせながら言った。

「フラン、殿下は女たらしじゃないわよ」

しかし、メラニーは私の言うことを否定してきたのだ。

「何でよ。今は確かにそうでもないけど、中等部ではいつも女を侍《はべ》らせてたわ」

「あなた、本当に世間知らずね。本当の女たらしっていうのはね、相手に知られずに浮気するものなのよ」

いきなりメラニーが力説しだした。なんでもメラニーによると、物語の中の素敵なヒーローの大半は、現実だったら浮気しまくっている女たらしらしい。

『私が愛しているのは君だけだ』と恋愛小説のヒーローのような気障《きざ》な台詞《せりふ》を言う奴に限って、同じセリフを誰彼構わず、手当たり次第に言って遊びまくっているらしい。

その最たる例が帝国の皇帝だそうで、元々前皇妃様と大恋愛の末に結婚したけど、すぐに浮気して第二皇妃を後宮に入れて、いまや、八人も妃がいるんだとか。皇妃との恋愛の前には我が国に留学していて、多くの女生徒たちから、その姉や母親にまで手を出しまくったそうだ。帝国の皇帝の血を密《ひそ》かに受け継いでいる者が、この王国内にも下手したら二、三人はいるんだって。

しかも、何をトチ狂ったか、皇帝は私の母にまで手を出そうとしたらしい。激怒した母に危うく爆裂魔術で殺されそうになったそうだ。

私は母の帝国嫌いの理由を初めて知った。どちらかというと母は男女関係には潔癖症《けっぺきしょう》の嫌いがあるので、女たらしの皇帝は敵認定しているのだろう。

「その皇帝がめちゃくちゃイケメンで優男だったんだって」

「へえ、それとアドとどう関係あるのよ。アドも皇帝と似ていて遊びまくっていると言いたいの？」

想像したらムカムカしてきた。

「そうじゃないわ。殿下はあなたをすごく大切にしているじゃない！」

「どこがよ。全然大切にされていないわ」

大切にしていたら、お見舞いにだって普通は来ると思うんだけど。

「そんな訳ないでしょ。うちのクラスを見てみなさいよ。自分の側近をわざわざあなたと同じクラスに入れて全部報告させているし、私たちにもめちゃくちゃ気を遣っている。男どもには牽制《けんせい》しているし、全部あなたのためじゃない」

「そうかな……？」

「それに、殿下が浮気したってあなたが思う場面、尽《ことごと》くあなたが見ているでしょ。これほど安全なことはないわよね。帝国の皇帝とか、他の男だったら絶対に隠れてうまくやるわよ。それが殿下にはできないんだから、安心していられるじゃない」

私はメラニーの言うことがよく理解できなかった。浮気現場をよく見せられる身にもなってほしい。

「何よ、それ。全然良くないじゃない」

「良いわよ。裏切らないんだから」

やっぱりメラニーに言いくるめられているだけのような気がする。……あれ？

「ちょっと待ってよ。何かおかしくない？　そもそも、私は断罪を避けるためにアドから離れるはずだったじゃない」

私は忘れていたけれど、もともとメラニーと相談してそうするはずだった。それがなんで、メラニーにアドのいいところを語られることになる訳？

「仕方がないじゃない。殿下があなたに執着しているんだから。離れるより、受け入れたほうがいいわよ」

「いやいや、やっぱり、おかしいわよ」

私はメラニーの意見を否定した。

「じゃあ、聞くけど、他に誰なら良いの？」

「誰っていきなり言われても……私、ずーっとアドの婚約者だったし」

王子の婚約者に近づいてくる男はそうそういない。私の交友関係は狭いのだ。

「でも、理想のタイプの人はいるでしょ？」

「『俺は君がすべてだ』って言って、私だけを見てくれる人が良い」

私は自信たっぷりに言った。絶対に一途な人が良い。

しかし、私の理想を聞いたメラニーは盛大なため息をついた。

「あなたに良いことを教えてあげるわ。そういうことを言うこと自体が、プレイボーイの証拠なのよ。私は遊びに遊びまくっていますって言っているようなものよ。あなた、それでなくても騙されやすいんだから、男くらいあなたの尻に敷ける人にしといた方がいいわよ」

メラニーはいかにも正論のように言うけれど、どこか胡散臭《うさんくさ》い。

私はそんなに騙されやすくはないわよ！

ずっと思っていたんだけど、メラニーの意見はとても具体的だ。前世で何かあったんだろうか？

今度お酒でも飲ませて、メラニーの前世の話を聞いてみようと私は心の中で思った。

それに、これは私の人生だ。メラニーはアドと仲直りしろって言うけど、私はそう簡単にアドを許したりしないんだから！


その後、私のことを心配したノエルが来てくれた。

ノエルは私にとても同情して、騎士団もアドも許せないと言ってくれた。

メラニーよりも、私に寄り添ってくれるのはノエルだ。

私は散々ノエルに愚痴《ぐち》を言ってすっきりしたのだった。

☆

誰にも会いたくなくて、日曜日は寮に閉じこもって一日を過ごした。

そして、翌日、私は女子寮を出たところでとんでもないものを見てしまった。

そこにはなんと、坊さんの集団がいたのだ。

一瞬、前世の日本に帰って来たのかと思ってしまった。

でも、よく見ると皆、中央騎士団の制服を着ている。どういうことだ？

「フランソワーズ様。この度はご迷惑をおかけして申し訳ございませんでした」

集団の一番前に座っているダンベール騎士団長はそう叫ぶと、なんと土下座をした。

「「「申し訳ございませんでした！」」」

後ろの騎士一同も一斉に倣《なら》う。

つまり、私の目の前には百個以上の坊主頭が並んだのだ。それも土下座の。

えええええ!?

いや、ちょっと待って、この世界に反省して坊主になるなんて発想は絶対にないはずだ。

このゲームではそういう設定になっているのだろうか。まあ、作ったのが日本人だからあり得ないことはないけど……乙女ゲームに坊主頭なんて、絶対変だ。

私は思わずメラニーの方を凝視《ぎょうし》した。こいつが余計な前世の情報を騎士団に流したに違いない。

「顔を上げて下さい！　あのう、騎士団長。それと皆様、一体どうされたのですか？」

とりあえず土下座を止めさせ、私は恐る恐る尋ねる。

「はっ、此度《こたび》の一件で、フランソワーズ様に対して我々がしてしまった失礼の数々の責任を取って、頭を丸めさせていただきました」

やっぱり坊主頭は反省しているという意味だった。

「頭を丸めるなんて、誰が言い出したのですか？」

「ご学友のバロー男爵令嬢から、東洋ではその様に謝る方法があり、フランソワーズ様はそちらの方面の造詣《ぞうけい》が深いとのお言葉をいただきました。誠に申し訳ございませんでした」

騎士団長の謝罪に合わせ、また全員が頭を下げた。

朝早いため多くはないが、通りかかる皆が足を止めてこちらを見ている。

と言うか、騒ぎを聞きつけた連中が窓からも見ているんだけど……

気取った悪役令嬢が、粗相をした丸坊主の騎士たちに土下座させているのだ。

こんなのめちゃくちゃ見世物じゃない！

ちょっと待ってよ。また私がなんかやったと思われるじゃないの。

「皆さん、こんなところで止めてください」

「いいえ、今回の件は我々の不手際でございます。いつも我々を助けてくださっているフランソワーズ様を疑うなど、本来あってはならないことでした。フランソワーズ様のお怒りもご尤《もっと》もです。今日だけでお許しいただこうなどとは到底考えておりません。これからお許しいただけるまで、日参いたします」

それ、どんな罰ゲームよ。毎日毎日、お坊様に頭下げられるって。

坊さんではなくて騎士様だけど、新手の新興宗教じゃないんだから。

「いや、絶対に止めて下さい！」

私は手をぶんぶんと振って必死に断った。こんなのを毎日されたんじゃどんな噂になるかわからないし、下手したらまたフェリシー先生にお小言を言われる。

「ということは、我々をお許しいただけるのですか？」

嬉々として騎士団長が言ってくるんだけど、こんなの許すしかないじゃない。

「わかりました。許します。許しますから。もう止めて下さい……！」

坊主集団の圧に負けて、私は思わず許すと言ってしまった。

「は、ありがとうございます」

「「「ありがとうございます！」」」

丸坊主の騎士団長に続いて、皆もお礼と共に頭を下げてきた。朝の陽光を浴びて、ツルピカの頭が輝いている。

私はその輝きを尻目に、足早に移動した。皆から興味津々の目で見られるし、朝から最悪だった。

もしかして、アドも坊主になっていたらどうしよう？

王子まで坊主頭にさせたなんて噂になったら、今度こそ本当に私は悪役令嬢だ。

「良かった、いない」

食堂の入り口に着いたが、アドはいなかった。私はホッとして中に入ろうとした。

「誰がいないんだ？」

しかし、後ろからアドの声がして、私はピキッと固まる。

そっと後ろを見ると、そこにはいつものアドが立って……いや、なんか違う。

そこには、髪の毛をバッサリ切ったアドがいたのだった。

「あんたまで何をしているのよ！」

衝撃の光景に、私は思わず叫んでしまった。

まあ、確かに髪の毛はある。でも、本当に短く切っているんだけど……

乙女ゲーム世界にここまで短髪の王子様がいて良いのか？

「フラン、本当に悪かった。坊主までは母が許してくれなかったんだが、これで勘弁してくれないか？」

真剣な表情で、アドが頭を下げる。見慣れない髪型のせいか、なんだかドキッとしてしまう。

「ぜ、絶対に許さないんだから！」

そう言って、私はスタスタと食堂に入っていった。

「良かったの？　殿下、めちゃくちゃ凛々しかったじゃない」

ノエルが頬を染めて言ってくるが、私はそう簡単に許そうとは思わなかった。

……別に、印象の変わったアドを見て頬が熱くなったから逃げ出したとか、そんなんじゃない。

「フラン、すごいじゃないか！　怒りのあまり、中央騎士団の面々を丸坊主にさせたんだって？」

気を取り直して朝食を食べていると、アルマンが興奮して入ってきた。

「そんなんじゃないって」

私が必死に否定する中、いつもは一緒に騒ぐバンジャマンが静かだと思ったら、なんとノートを見ている。

「どうしたの？　バンジャマン！　あんたがノート見るなんて、明日は雪でも降るんじゃない？」

私は驚きのあまり大声を出してしまった。

「何言ってるんだよ。二週間後には試験なんだぞ、今からやらないと……。俺は赤点を取ったら、母親に殺されるんだ」

バンジャマンは本当に必死なのか、ノートから目を離さずに答えた。

「げっ、もうそんな時期になったんだ」

すっかり忘れていた。嫌なことを思い出してしまった……

「ようし、フラン。今度のテスト、賭けようぜ。お前が勝ったらバンジャマンの家のケーキを奢《おご》ってやるよ」

アルマンが不敵に笑う。こいつ、私が勉強ができないと思っているな？？

「じゃあ、私が負けたら我が家に招待してあげるわ」

「えっ、本当に？」

そう言うと、なぜかノエルが食いついた。

「フラン、私も勝負して良い？」

「えっ、別に良いわよ。夏休みは長いし、王都の屋敷も広さだけはあるから、泊まろうと思えば皆泊まれるわよ」

私はノエルの勢いに、思わず頷いていた。

「やったー！　まさか公爵様のお屋敷に招待されるなんて、もう二度とないわ」

ノエルが両手を突き上げて叫ぶ。

「フラン、申し訳ないけれど、今度のテストは絶対に勝たせてもらうわ」

なんかすごくやる気になってくれた。そんなのでいいのかな。

まあ、やる気になってくれたのは良いことだけど、我が家の夕食はとても貧しい。ノエル、怒らないかな？

私は一抹の不安を覚えた。

この賭けの話はクラス中に広がり、その日から皆、必死に勉強をしだした。

学園の底辺で、今までは成績も悪く授業態度もいい加減だったEクラスの皆が必死にやりだしたので、先生方も驚いた。授業の後も必死に質問するし、今まではあり得ないことだった。

そしてなんと、それは食事の時も同じだった。皆ノート片手に食べながら勉強しているのだ。信じられない！

食事の時くらい、ノートは手放した方が良いと思うんだけど……

そんな中、毎朝アドは謝りに来ては、私にすげなくされていた。

「そうだ。フラン、テストの点数で俺が負けたら、ハッピ堂のプリンを一年分買ってくるというのはどうだろう」

「えっ、ハッピ堂のプリン一年分？」

今まで無視していたのに、思わず返事をしてしまった。

「そう、フランが負けたら俺を許すということで、これほどリスクのないことはないだろう。勝ったらハッピ堂のプリンが一年分だぞ」

「あんたには勝てないから絶対に嫌」

私は危うく、ハッピ堂のプリンに釣られてアドの提案に乗ってしまいそうになった。

しかし、実はアドは天才なのだ。

問題が難しかろうが易《やさ》しかろうが、こいつは百点満点に近い点数を取るに違いない。

「二年生の方が問題は難しくてな、平均点は低いんだぞ。点数ならば良い勝負になるだろう」

アドは諦めきれずに食い下がってくるんだけど、聞く耳は持たない。

「魔術実技の勝負だったらやってもいいわよ」

「それは……俺が負けたら許すということで」

「それじゃ逆でしょ！」

私は怒ってアドを追い返した。

「しかし、フランもすごいよな。毎朝、第一王子殿下に頭を下げさせるって……」

アドがすごすごと帰っていった後で、アルマンに呆れられた。

「というかアルマン、何であなたまで丸坊主にしているのよ」

「もう私に負けを認めた訳？」

メラニーの言葉に、私も続いて茶化す。

「そんな訳ないだろう。今王都ではこのスキンヘッドが流行っているんだ」

「えっ、そうなの？」

「一部の女の子の間で、中央騎士団の髪型がかっこいいと人気なんだ。俺も将来的には騎士を目指しているからな」

えっ、そんな風になっているの？

うーん、ゲームの世界の雰囲気を私のせいでぶち壊したような気がするんだけど、気のせいだろうか？

そして放課後、私は珍しく図書館にこもっていた。

学食でも良いのだが、難しい理論を勉強する時は学食だと周りの雑音が気になるのだ。

私はどちらかというと理論系が苦手で、当然魔術理論も大の苦手だった。

だって、何も考えなくても魔術が使えるのに、なぜ理論が必要なのか、全くわからないのだ。

そう言うと、「できるやつは嫌味ね」とメラニーたちに白い目で見られてしまったが……

だって、魔術は考えて使っていないし。いつも、えいや！　で終わりなのだ。

「わかったかも。馬鹿ほど魔術を使えるのよ」

メラニーが新たな発見をしたように馬鹿にしてくる。

「馬鹿って何よ、馬鹿って」

アドに比べたら馬鹿だけど、私も小さい時から勉強だけはしているのよ。比べる対象がアドだと私は全然できない子ちゃんになるけど、他の子と比べるたらそこそこできるはずなのだ。

「そうよね。魔術理論も礼儀作法も物理もよーくできるわよね」

くー、メラニーは嫌味だ。私の苦手な教科ばかり並べてくれた。

どうせ、その三つはできませんよーだ！

数時間後、物理の勉強に気が狂いそうになった私は、頭を冷やすために廊下に出た。

廊下の窓は開いている。

試験までもう三日もない。ああああ、物理が全然理解できない。どうしよう……

窓の縁に手をかけてうな垂れていた、その時だ。風に乗ってかすかな声が聞こえてきた。

「もう無理よ、ローズ。そんなことやったってうまくいく訳ないわ」

どこかで聞いたことがある声だ。ローズって、ピンク頭か。

「しー、静かに」

その後、声は聞こえなくなった。遮音魔術でも使ったのだろうか。

外を見ても、誰も見えなかった。この先は林で、その中で見つけ出すのは無理だろう。

いや、そうか、私の探索魔術ならなんとかなるかも。

そう思った時だ。肩を叩かれたのは。

振り返ると、そこにはアドが立っていた。

ムッとして近づかないでよと言おうとして、そのアドの手元に目がいった。

その手には『簡単な物理』と書かれた本が握られていたのだ。

こ、こいつ、なぜ私の弱点を知っている？　いや、そういえば当然か。

私たちは婚約した時からずっと、仲を深めるためと称して一緒に勉強させられていたのだ。昔、その時間に物理も簡単なのを習った。

アドはすぐに理解できていたけど、私は全然だったのをアドは覚えていたのだろう。

「なんだったら、お教えしましょうか？　姫君」

「教えてくれるからって、許したりしないわよ」

「別に良いさ。さすがに公爵令嬢が赤点を取るとまずいだろう」

こ、こいつ、大人の対応だ。く、悔しい！

Ｅクラスの面々の物理の成績は私とどっこいどっこいで、誰にも助けを求められなかったのだ。メラニーでさえ、苦手としている。

さすがに公爵令嬢として、赤点を取るのは憚《はば》られる。グレースに絶対にバカにされるに違いなかった。

まあ、母は「あーら、一個くらい出来ないのがあってもいいのよ」とあっさり許してくれそうだが、王妃様には絶対に嫌味を言われるはずだ。それに、私にもメンツというものがある。

私は胡散臭《うさんくさ》い笑みを浮かべる眼の前の悪魔に魂を売ったのだ……

さすが、アドの説明はわかりやすかった。それに、わからなくても馬鹿にすることなく、丁寧に教えてくれる。

というのも、物理のハゲツルピン先生は嫌味な奴なのだ。

「こんなのもわからないのですか、あなた様ともあろう方が」

と、授業中でも延々と馬鹿にしてくる。まあ、Ｅクラスにはわかる奴はほとんどいなかったから良いのだが。

結局二時間くらいかけて、アドは私の理解できない所をきちんと説明してくれた。

「ありがとうアド。良くわかったわ」

これで何とか赤点は免《まぬが》れる。私はほっとして、アドにお礼を言った。

「フランからお礼がほしい」

「えええええ！　今、お礼は言ったじゃない」

それに、今は特に渡せる物もない。お菓子の一つでも持っていればよかったけど。

「それだけ？　お礼のキスくらい、してくれてもいいじゃないか」

「なんであんたにキスしなきゃいけないのよ。私、まだあんたを許していないんだから」

とんでもないことを要求するアドに、私はムッとする。

「がんばって教えたのに……ノートもフラン用にわざわざ作ってきたのに……」

確かに、アドのノートは私でも理解できるようにきちんとまとめられていた。

忙しい中で、私のために時間をかけてくれたことがよく伝わってきた。

「……うるさいわね！」

でも、それとキスは別だ。

「昔は嫌だって言っても、普通にキスしてきたくせに」

「はあ？　そんなの、子供の時でしょ」

そういえばよくキスしていたような覚えがある。

黒歴史だ。あの時は変にませていて、そして馬鹿だったのだ。

「ほっぺたにくらい、キスしてくれても良いじゃないか。親愛のキスなんて普通だろう？」

アドは自分のほっぺを突きながら目を閉じる。
私のキスを待つアドを見て、なぜか体が熱くなった。
ええい、うるさいな、もう。しょうがないから、目をつぶって一気にやろう。
「いや、やっぱり……」
ちょうどその瞬間に、アドが顔の位置を動かすなんて想定していなかった。
チュッ
私はなんと、振り向いたアドの唇に口づけしてしまったのだ。
えええぇ!? 嘘! アドとファーストキスしてしまった!
私たちは完全に固まってしまったのだった。

☆

その日の夜はよく寝られなかった。寝ようとすると、アドとのキスが頭を過《よぎ》るのだ。

アドの言ったように、婚約が決まりたての頃は、アドの頬とかによくキスをしていた。

本当に私の黒歴史だ。やり直せるならやり直したい。でも、それは本当に小さい時の話だ。

中等部に入ってからは、アドと触れ合ったことなどほとんどなかった。せいぜい、やむを得ず出た王宮のパーティーでアドがエスコートしてくれたくらいだ。でも、未成年だから夜会までは出る必要がないし、出たとしてもすぐに帰れたのだ。

学園の高等部では、学期末のパーティーが年に三回開かれる。卒業後は成人として扱われるので、貴族の子弟、並びに将来的にこの国を背負っていく生徒たちはそこでパーティーの練習をするのだ。

今度の夏休み前のサマーパーティーが私が入学してからの最初のパーティーだ。まあ、ゲームではそこで見事にアドに断罪されるのだが。

断罪する予定の私にキスするって、どういうことよ。

いや、違う、したのは私だった。

断罪されるのに、その相手にファーストキスを捧げるってどういうことなのよ。

メラニーは絶対に私が断罪されることはないと言うが、そんなのわからない。

何しろ、何もしていないのに、騎士に手錠をかけられたくらいなのだ。逆に、あんなに色々やらかしているのに、ピンク頭はまだ元気にピンピンしている。さすがヒロインというか、不死身なのには恐れ入るが、これがゲーム補正というものだろうか？

今回もあいつは絶対に何か仕掛けてくるはずだ。

いざとなれば魔術で攻撃すれば良いって前は思っていたけれど、敵の術中に嵌《は》まることになるのではないか。それを盾にピンク頭は色々言ってきそうだ。

まあ、それはまだ先だ。それよりアドだ……

どうしよう？　事故とはいえ、私の初めてを捧げてしまった。

こうして断罪やらキスやら、色々なことを考えてしまった結果、よく眠れないまま朝になってしまったのだった。

テスト前で勉強しなければいけないのに、最悪だ。


寝不足で腫れた目を誤魔化して、私はメラニーたちと食堂に向かった。

さすがにその朝はアドは来なかった。いくらアドでも自分の勉強をしなければいけないのだろう。いつも私に付き合っている時間はないはずだ。

「あれえ、フラン、今日は殿下がいらっしゃらないのね」

ノエルが不思議そうに聞いてきた。

「本当だな。あまりにもフランが冷たいから、ついに諦められたんじゃないか」

アルマンがあっけらかんと言う。

ひょっとして、私にキスされたのがショックだったんだろうか。

頬とは言え自分からしろって言ってきたくせに。それはそれでムカつくんだけど……

「オーレリアン、そうなの？」

ノエルが心配して、アドの側近のオーレリアンに聞いている。

「うーん、でも、なんか昨日の夜帰って来たらとても上機嫌だったよ……あっ、ごめん。余計なことを言ってしまった。皆、忘れて」

オーレリアンはぽろりと話してしまい、慌てだした。

そうか、上機嫌だったのか。

それを聞いて、私は少し嬉しかった。

「ねえ、フランはそれで良いの？　殿下をピンク頭に取られたんじゃ……。えっ、あなたも少し嬉しそうね」

ノエルは訝《いぶか》しげに私を見た。

「ひょっとして、何か進展があったの？」

「そういえばあなた、委員会終わったあとに図書館に行ったら、昨日、いなかったよね」

ノエルとメラニーに問い詰められる。

「何もないわよ」

「本当に？」

「何か怪しいんだけど！」

私は誤魔化したが、ノエルとメラニーはさらにつっこんできた。

「あれ！　でも、そのノート、殿下が必死に作っていたノートですよね。僕のノートじゃ役に立たないとか怒られたけど、フラン様のノートを作っていたんだ」

オーレリアンが私の手元にあるアドのノートに気付いた。

「じゃあ、やっとフランは許したんだ！」

ノエルが嬉しそうに聞いてきたが、私は顔をしかめる。

「まだ許していないわよ」

「でも、殿下はそれを寝ないで作っていたんですよ」

オーレリアンが気の毒そうに呟き、私は言葉を失った。

そうなんだ。アドはこれを作るために徹夜してくれたんだ……

「フラン、さすがにもう許してあげたら？」

メラニーは相変わらずアドの味方をする。

でも許すも何も、それからアドはテストまでしばらく私の前には現れなかったのだ。

私は礼儀作法のテスト以外はできたと思う。まあ、物理はそこそこ、魔術理論も赤点にならないレベルだったけど……


そして、試験から三日後、結果が一覧で張り出された。

皆が中庭に集まる。ここに巨大な掲示板が設置されるのだ。

「よっしゃー！」

珍しくメラニーがガッツポーズをした。なんと、メラニーが一番だった。

二位はグレースだ。くそー、全部礼儀作法のせいだ。

私は十位だった。まあ、十位なら、王妃様も何にも言わないだろう。私としては上出来だった。

「えええ！」

「うっそー！　フランってこんなに勉強できたんだ」

E組の皆は唖然《あぜん》としていた。

「ふっふん、どうだ、恐れ入ったか」

そうよ。私はアドに比べればできないだけで、一般的には勉強ができる方なのよ。

グレースに負けたのは悔しいけど、まあ、ピンク頭の名前はどこにも見えないし……

あれ、百位まで見てもいなかった。あいつ、どこまで下なんだろう。

「殿下、一番なんてすごいです！」

順位表の下の方を見ていたら、二年生の方でピンク頭の大声が響いた。

おのれ、ピンク頭め。自分の順位を先に確認しろよ。

私はプツンと切れて、アドとそれに抱きついているだろうピンク頭を探した。

「あれ？」

でも、そこにはキョロキョロと誰かを捜しているピンク頭しかいなかった。アドがいない！

「あのピンク頭、ゴキブリみたいにどこにでも出没するな」

呆れたようなアルマンの声に、皆が頷いている。

「それに、成績も百九十番って……そんなのが聖女でいいの？」

ピンク頭に厳しいノエルが尖った声を出す。

えっ、そんなに下だったんだ。一学年は二百名だから、下から十番目だ。

何か悪だくみに時間を取られて、勉強をしていなかったんじゃないだろうか？

「Eクラスの皆、頑張ったんだな」

「あ、アド……」

そこへいきなりアドが現れて、私は盛大に噛んでしまった。

キスした後、アドに会うのは初めてだ。顔が熱いから、私の顔は赤くなっているのだろう。

「はい、これ」

アドはハッピ堂のプリンを箱ごと渡してきた。

「えっ、私にくれるの？」

どう考えても総得点はアドには完敗しているはずなのに？　いや、そもそも賭けは断ったし。

「お前にだけじゃない。Ｅクラスの皆にだ」

思わず頓珍漢《とんちんかん》な声を上げた私に、アドが笑いながら言った。

「皆に？」

「そう、学園始まって以来、初めてEクラスが平均点で学年トップに立ったんだ。非公式だが、これは父からのプレゼントだ」

「えっ、陛下から？」

クラスの一同は唖然《あぜん》としてアドを見た。

「これからも頑張って、心身共に成長していってほしいとのことだ」

「やったー！　こんなの夢みたい！」

皆は歓喜にうち震えていた。

国王陛下が平民に物をくれるなんて、普通はありえないのだ。余程の大功を立てたとか、それくらいじゃないと。

まあ、プリンだからそんなに大層なことではないのかもしれないが。

「ええええ！　殿下、それはずるいです。何で私たちAクラスにはないんですか？」

そこにいきなり、ピンク頭が現れた。やっとアドを見つけたようだ。

「ローズ嬢、それはもっと勉学を頑張ってから言ってほしい。聖女がこの点数では、世間の目は厳しくなるぞ」

アドが下から数えたほうが断然早いピンク頭の名前を指さして苦言を呈した。

「でも殿下、聖女に成績は関係ないと思うんですけど」

小首を傾げて、ピンク頭がわざとらしくポーズを決める。

出た、上目遣いだ。これに世の男の多くは騙されるのだ。

「そう思うのならば学園をやめれば良い。ここは勉強をするところだ」

おお、珍しくアドが正論を述べている。

「ここにいるメラニー嬢や、Ａクラスのグレース嬢を見習ったらどうだ」

「だそうよ」

ピンク頭は私を見て言った。

ど、どう転んで私に振ってくるのだ、こいつは？

「あんたには言われたくないわ！」

私は声を荒らげた。

確かにその二人に私は負けたが、最下位に近いピンク頭に言われる筋合いはない。

「殿下。次のサマーパーティー、ぜひとも聖女である私と踊って下さい！」

しかし、ピンク頭はその時にはもう私なんかを見ていなかった。

婚約者の私の目の前で王子と踊りたいなんて、なんてことを言い出すんだ。私はピンク頭を睨《にら》みつけた。

「サマーパーティーと聖女は何も関係ないだろう！　それに、俺はフランと踊る」

アドはそう言うと、私に優しく微笑んだ。アドがはっきり私と踊ると言ってくれた。

「我が婚約者のフランソワーズ嬢。ぜひともサマーパーティーでは私と一緒に踊っていただけますか？」

アドはそのまま、私の前に跪《ひざまず》いて手を差し出してきたのだ。

「えっ？」

私は驚いたが、その手をつい握ってしまった。

なんだかクラスの皆の目が生温かい。その横ではピンク頭がブルブル震えていた。

「じゃあ、そう言うことでよろしく」

にっこり笑ってそう言うと、アドは私のおでこにキスをした。

そのままアドは去って行ったが、私は完全に固まっていた。

「な、なんてことなの……」

ピンク頭は怒りで真っ赤になって震えていた。

「でも、悪役令嬢のあんたなんかには、絶対に負けないんだから！」

怒り狂った凄《すさ》まじい視線で私を睨《にら》みつけると、捨て台詞《ぜりふ》を吐いてピンク頭は走り去っていった。

慌てたオリーブがその後ろ姿を追いかけるのが、思考停止した私の視界の端に映っていた。

そして、ついに迎えたサマーパーティー当日、朝から女子寮は大騒ぎだった。

衣装の一部手直しをする者、化粧をする者、着付けを手伝う者……もう凄《すさ》まじい喧騒の真《ま》っ只《ただ》中《なか》だ。

私はアドから贈られた水色のドレスを身に纏《まと》っていた。

アドの目の色と同じ色で、私の金髪にはとても映《は》えた。

派手さはないが、落ち着いた感じで王子の婚約者としては、こんなものだろう。

「どう、こんな感じで？」

ノエルが髪に銀のリボンを付けてくれた。アドの銀髪をイメージしたものだ。

「ありがとうノエル、こんな立派なドレスを作ってくれて」

そう、このドレスは、裁縫《さいほう》が得意なノエルたち裁縫《さいほう》部の面々にアドが頼み込んで作ってもらっていたのだ。ノエルは母が内職で裁縫《さいほう》しているのを見て育ったそうだ。自身も子供の頃から裁縫《さいほう》を嗜《たしな》んでいて、洋服等も自分で作っているらしい。

たかが学園のサマーパーティーなんだから、衣装なんてどうでもいいと思っていた。

制服で出席するつもりだったのだが、彼女たちが精魂《せいこん》込めて作ってくれたと言われると、このドレスを着ざるを得なかったのだ。

「どういたしまして。未来の王妃様」

ノエルは恭《うやうや》しくお辞儀をしてくれた。

「何言ってるのよ。まだ、どうなるかはわからないわよ」

からかうようなノエルの言葉に、私は苦笑する。

そう、まだ私としてはアドを許したつもりはない。皆が作ったというからドレスは受け取ったけど、それとこれとは話が別だ。

「えっ、でも、あんたは未来の王妃様があのピンク頭で良い訳？　あんなのが王妃になったら私はこの国に絶望するわ。あんたは国民を絶望させたい訳？」

ノエルからそんなことを言われるとは思ってもいなかった。

「何でそうなるのよ」

「だって、あんたじゃなかったらあのピンク頭になるのは確実よ。フランはあの自分勝手なピンク頭が王妃になっていいと思う訳？」

「いや、そうは思わないけれど、他にもいろいろいるんじゃないかな」

「いる訳ないでしょ」

ノエルが言い切っていた。

まあ、確かに今はそうかもしれないけれど、グレースもいるし、下の学年にも高位貴族はいるのだ。

「ノエル、ごめん。ちょっとお願い」

向こうでジャクリーヌが呼んでいる。もうEクラスに平民と貴族の垣根はない。

「はーい、ちょっと待って」

ノエルが駆けていく。着付けに長《た》けたノエルはどこでも引っ張りだこだった。

「フラン、用意はもう良いの？」

ノエルがいなくなったので、メラニーが声をかけてきた。

「うーん、まあ、ドレスはね」

「ドレスなんてどうでもいいわ。対ピンク頭対策よ。心の準備は出来たかって聞いているの！」

誤魔化そうとした私に、メラニーは怒っている。

「まあ、それはわかっているけれど、ピンク頭が何をしてくるかわからないじゃない。出たとこ勝負でいくしかないでしょ」

私はため息交じりに答えた。

このパーティーでピンク頭が何か仕掛けてくるのは確実だった。でも、それが何かはわからない。

「まあ、できるだけ私たちでカバーするつもりだけど……」

「ありがとう、メラニー。でも、私はこのパーティーを楽しめたら良いわ。前世も含めて、初めてのパーティーだもの。できるだけ楽しみたい」

私の本音だった。

王宮のパーティーには腹黒い大人たちばっかりだったし、そもそも同年代はほぼいなかった。友達と一緒に出られるパーティーなんて初めてだ。

「それが断罪パーティーになっても？」

「ふん、攻撃してきたら反撃するまでよ。何しろ私は悪役令嬢なんだから。素直に言うことなんて聞いてあげないわ」

不安そうなメラニーに、私は自信を持って答えた。

「そうかもしれないけれど、どこに敵がいるかわからないわよ。ピンク頭にとっては最初にして最大の逆襲のチャンスなんだから。絶対に一発逆転を狙ってくるわ。だから、十二分に注意するのよ」

「ま、いきなり私の命を狙ってきたりはしないでしょ」

私は笑って答えるが、メラニーの顔色はさえない。

「まあ、そう思うけれど、油断は禁物だからね」

「大丈夫よ。もしそんなことをしてきたら、逆に血祭りにあげてやるわ」

私は不敵に微笑んだ。

そこへ、ノックの音が響いた。

「私が見てくるから、フランは待ってて」

まだ、約束の時間までは少しあるのだ。

一年Eクラスの貸し切りになっているこの会議室の女性陣はまだ、懸命に支度に精を出していた。

そこに、思案顔のメラニーが戻ってきた。

「あなたに悪い知らせよ。殿下は問題が起こったので、あなたを迎えに来られないそうよ」

「えっ、そうなの？　でも、問題って何？」

早速ピンク頭が仕掛けてきたんだろうか？

「さあ、オーレリアンもよくわかっていないみたいだったけど。教会の枢機卿《すうききょう》が至急会いたいって、殿下に拝謁《はいえつ》を申し出たそうよ」

「あの胡散臭《うさんくさ》そうなたぬきね。このサマーパーティーの前に面談って何よ？」

「まあ、九十九％ピンク頭の策略だと思うけどね」

「まあ、受けて立つわよ」

私は自分の胸をどんと叩いた。

「向こうが枢機卿《すうききょう》を使ってくるなら、あなたもご両親を呼んだら良かったのに」

「メラニー！　私は学園を破壊したくはないのよ。うちの両親が来て、もし私の身に何か起こってみなさい。こんな学園なんて下手したら一瞬で灰になるからね。そこまでのリスクは負いたくないわ」

「そういえば、あなたの馬鹿みたいな魔力量は母親譲りだったものね……」

メラニーの言葉に私は頷いた。そう、母ははっきり言って何を仕出かすかわかったものではないのだ。一部からは『破壊の魔女』とまで呼ばれているらしい。

「どうするの？　もう支度できたし、早めに行ってみる？」

「うーん、そうね」

私は移動しようとして、部屋の隅にうずくまる、青い顔をしたオリーブを見つけた。

「オリーブ、大丈夫？」

「はい。大丈夫です」

思わず声をかけた私にオリーブは健気にも答えるが、体調が悪そうだ。

「本当に？　なんだったら医務室に行こうか？」

「いえ、本当に大丈夫ですから」

オリーブは頑《かたく》なに首を横に振った。

「そう、なら良いけど……」

私は立ち上がった。オリーブは気になったけど、本人が大丈夫だというのならばそうなんだろう。

それよりもピンク頭が何を仕掛けてきたか、そっちの方が気になったのだ。

私はメラニーと連れ立って、足早に会場に向かった。

そして会場の中央で、ビリビリに破かれたドレスを手に泣き叫ぶピンク頭を見つけたのだった。

ピンク頭を囲み、グレースたちAクラスの女子が慰《なぐさ》めている。

その前には困惑したアドと、アドに向かって詰め寄っているボドワン枢機卿《すうききょう》がいた。

「殿下、これは、帝国の教皇猊下《げいか》から賜《たまわ》った、特別なドレスなのですぞ。それがこのようにビリビリに引き裂かれるなど、どうしていただけるのですか！」

「枢機卿《すうききょう》、それは申し訳ないことになったとしか言いようがないが、たかだか学園のサマーパーティーなどで、なぜそのような高価な衣装を贈られたのだ？」

枢機卿《すうききょう》の剣幕にアドが困惑して聞いた。そうだよね。たかだか一学園のサマーパーティーなのだ。

「着る衣装もないと聖女様が嘆かれたのを見かねて、猊下《げいか》はドレスを贈られたのです。そもそも、こういうことは殿下が気をお遣いになるのが筋ではないのですか？」

「枢機卿《すうききょう》。このサマーパーティーは王立学園の一行事に過ぎない。学園には貴族の子弟以外もたくさん在籍している。当然、衣装も自由だ。巷《ちまた》にはレンタルできる業者も多々いる。高価なドレスで出る必要などないのだ」

アドが当然のことを言って、枢機卿《すうききょう》をなだめる。

「ふんっ、そうおっしゃっても、殿下も婚約者様にドレスを贈られたと聞いておりますが」

「枢機卿《すうききょう》。私が婚約者に衣装を贈って何が悪いのだ」

「悪いとは思いませんが、ご自身の婚約者には高価なドレスを贈って、庶民の代表の聖女様には安物の服で良いと言われるのですか。まあもっとも、婚約者様のドレスも生地《きじ》に金をかけただけで、デザインが洗練されているとは到底思えませんが……」

私のドレスをちらりと見て、枢機卿《すうききょう》はあざ笑う。

私の後ろにいたノエルが、顔を青くして震えている。

こいつはなんてことを言ってくれたのだ。せっかく裁縫《さいほう》部の面々が汗水垂らして作ってくれたドレスを貶《けな》すなんて。

もう私は許せなかった。反論しようとするアドを手で制する。

「おーっほっほっほっほっ！　さすが、金に目が眩《くら》んだ枢機卿《すうききょう》が言われることは違いますわね」

私は今度こそ、悪役令嬢の高笑いを披露した。アドは頭を抱えているが、そんなの知ったことではない。

「な、何だと、小娘、いくら公爵家の娘とはいえ私を侮辱するのは許さんぞ！」

「何をおっしゃるやら。民に寄り添うはずの教会関係者が、いつから威張り散らすようになったのかしら？」

私は馬鹿にしたように小首を傾げてやった。

「何を言う。威張り散らしておる公爵家の者に言われたくないわ」

「よく言われますね。この衣装を見て、金にあかせて作ったなどと邪《よこしま》な考えをされる枢機卿《すうききょう》は、そう言われても仕方がないのではありませんか？」

「はあ？　どこぞのメゾンに大金を払って作らせたのだろうが。その割に型はありふれたものだが」

馬鹿にしやがって。私はさらにぶち切れてしまった。

「うるさいわね！　このドレスはね、私の友達のノエルたちが汗水垂らして、寝る間も惜しんで作ってくれた、私の宝物なのよ。それを金に糸目もつけずなどと、良くも言えたわね。どこに目をつけているのよ！」

枢機卿《すうききょう》を睨《にら》みつけ、私はドレスを見せつけるように腕を広げる。

「な、何だと。殿下の婚約者は生徒に作らせたものなんて着ているのか」

驚いた顔で枢機卿《すうききょう》が私のドレスをまじまじと見た。

「ふんっ！　教会としては私に金に糸目をつけずに着飾らせた聖女を自慢したかったんでしょうけど、私はこのドレスの方が良いの。皆が手間ひまかけて作ってくれたドレスの方が、そんなものよりも百倍も、千倍も価値があるのよ！」

私は堂々と言い切った。

「あんた、そんなこと言って、私の高価なドレスが気に入らなくて、こんなことをしたんでしょう」

ピンク頭がいきなり出てきて言ってきた。手には破られた衣装を持ったままだ。

「酷い、そんなことするなんて」

「さすが、聖女様を虐《いじ》めていると悪名高いフランソワーズ様ですわ」

ピンク頭を囲んでいたグレースたちも、これ幸いと責めてくる。

「あんたたち、私の言うことを聞いていなかったの？　私のこのドレスは友達が精魂《せいこん》込めて作ってくれたのよ。有名ブティックが作った物よりも余程価値があるの。私からしたら、金に糸目をつけない衣装を着て私の横に立ってもらったほうが、対比になって嬉しかったんだけどね」

私は後ろのノエルに笑いかけた。震えは止まったようで、力強い頷きを返してくれる。

「ほう、口では御大層なことが言えるものだな、フランソワーズ嬢。いつも聖女様を虐《いじ》めていると、巷《ちまた》では評判だが」

「そうです。私いつも、聖女様が陰で泣いていらっしゃるのを見ました」

「本当においたわしい、聖女様」

こいつらは一体何を言い出すのか。そもそもこの聖女が、虐《いじ》められて黙って泣き寝入りするような大人しい性格をしていると本気で思っているのか？

私はつくづく馬鹿らしくなった。

「私、フランソワーズ様のお友達という方から、ぜひとも聖女様の教科書を隠してほしいと言われました。当然断りましたけど」

「私も、フランソワーズ様の友達と言われる方から聖女様に水をかけてほしいと頼まれました。私も断りましたが」

ピンク頭の周りの奴らは、なおも次々に言い募《つの》る。

「あっ、俺も言われたぜ」

その流れに、我がクラスのバンジャマンがいきなり口を出した。えっ、私なんか言ったっけ？

「そこの聖女から『私、フランに虐《いじ》められているの。だから仕返しに、教科書を隠してくれない？』って」

「俺も言われたぜ。そこの聖女に、いつもフランに泣かされているからフランを池に突き落としてほしいって。そんなことしたら殺されかねないから、当然断ったけど」

なんかアルマンがとんでもないことを言ってくれる。私を池に突き落としても、別に殺しはしないわよ。その後、一生それをネタにこき使うかもしれないけど……

「あーら。聖女様の方は直接頼まれたみたいですね。フラン様のは誰が頼んだかわからないのに」

メラニーが大声で言ってくれた。

「そんな訳ないわ。皆、その公爵令嬢が平民に金を渡して言わせているのよ！」

やばいと思ったのか、ピンク頭が必死になって大声を出す。

「ほう、自分のことは否定するのか」

それを聞いたアドは冷ややかに笑う。

「ポレット・ジード子爵令嬢。あなたはフランの友達に言われたと言うが、それは誰だ？」

最初に言ってきた令嬢に、アドが質問した。

「いえ、それははっきりとは覚えていなくて……」

「では、ゼンケン男爵令嬢。あなたは誰に頼まれたのだ。ここにいる誰かか？」

「いえ、それが私もよく覚えていなくて……」

「はっきりと覚えてもいないのに、俺の婚約者を犯人扱いするのか？」

しどろもどろに誤魔化す二人に、アドは氷の視線を注いでいる。

「「ヒィ！」」

アドの本気の怒りを受け止めた二人の顔は真っ青だ。

「殿下、しかし――」

「枢機卿《すうききょう》。フランが命じたという虐《いじ》めの証言は曖昧《あいまい》だ。一方で、フランを虐《いじ》めるように聖女に言われたと、確かに生徒たちが言っているが」

「そんなの嘘です！」

ピンク頭は涙目で否定するが、声に焦りがにじんでいる。

「神に誓って、嘘は申しておりません」

「私も神に誓います」

バンジャマンとアルマンは勢いよく宣誓してくれた。

この二人は何を言われても負けないだろう。

これはもう、聖女の詰みだろうと私は思った。

今までの悪だくみのすべてを反省して、修道院にでも入って一生を奉仕に捧げろと言いたい。


でも信じられないことに、ピンク頭は最後の隠し玉を用意していたのだ。

「す、すみません！　私がフランソワーズ様に言われて、聖女様の服を切り刻みました！」

オリーブいきなり手を挙げたかと思うと、その口から衝撃の発言が飛び出した。

私は唖然《あぜん》とした。

そんな！　まさか、オリーブが私を裏切って嘘をつくなんて、信じられなかった。

「オリーブ、あんた何を言っているのよ！」

ノエルが驚きのあまり叫ぶ。

「嘘じゃないです。ずっと、フラン様が怖くて言えなかったんですけど、フラン様に言われて、聖女様に対する嫌がらせもやってきました」

オリーブは信じられない発言をさらに重ねる。

な、何でそんな嘘をつくの？

「そうか。今まで、公爵令嬢が怖くて言えなかったんだね」

枢機卿《すうききょう》が微笑んで、オリーブの肩を抱いた。

その周りはいつの間にか、私たちから守るように教会騎士たちに囲われていた。

「そんな訳ないでしょ。フランはそんなことをさせないわ。オリーブ、私たちを裏切るの？」

「何を言っているのよ。フラン様は所詮、公爵令嬢よ。平民の味方になってくれるのは今だけよ。陛下に言われて、私たちの傍にいるだけなのよ」

ノエルがオリーブを説得しようとするが、オリーブはなびかない。

そうか、オリーブには私の行いが偽善にしか見えなかったのか。

私なりに必死にやっていたのは事実なのに！

「それは確かにそうかもしれないわ」

ノエルまでそう言うのか。ノエルは親友だと思っていたのに……

更に、クラスの皆も頷いている。そうか、皆、そんな風に思ってたんだ。

「確かにフランは、いずれは王妃様になる。私たちなんて、会うこともできないくらい雲の上に行っちゃうわ」

ショックで愕然《がくぜん》としていた私には、ノエルの言葉がどこか遠くから聞こえるように感じた。

「でもね、フランはね、今はちゃんと私たちの傍に立ってくれているわ。本当だったら、彼女は今でもこの貴族社会のトップに立つ公爵令嬢よ。そこの聖女の横にいる、いけすかない公爵令嬢と同じなのよ。でも、フランは私たちと一緒に一生懸命クラス対抗戦で戦ってくれたじゃない。決して私たちを馬鹿になんてしなかった。あんたは元々平民なのに、聖女だからと私たちを見下して馬鹿にする女につくの？」

ノエルは必死にオリーブに語りかけてくれた。

「俺が稽古で少しふざけて、前陛下の銅像を傷つけてしまった時も、フランは『私がやった』って庇《かば》ってくれたんだ。銅像の一つや二つ、これまで第一王子殿下と散々壊しているから大丈夫よってな。それを聞いて、俺はこいつに一生ついていこうと思った。オリーブ、悪いけど、フランは人にやらせたりしない。やるなら自分でやるよ。そんな誰が聞いても嘘だってわかる嘘をつくなよ。それは友達に対する冒涜《ぼうとく》だぞ」

アルマンも真剣な声で援護している。

私は皆の言葉を聞いて心が温かくなった。

私がやっていることは無駄じゃなかったって、言ってくれたみたいで。

確かにいずれは、身分差で色々うまくいかないことも起きるかもしれない。

でも私は、今、皆と一緒に馬鹿やっているんだ。

「そうよ。フランは、さっきだってあんたの顔色が悪いって、心から心配してくれたじゃない！　そこのピンク頭に脅されていたから、青くなっていたんでしょ！　なんで私たちに相談しなかったの？」

「私は脅されて言っているんじゃないわ」

オリーブはぎゅっとスカートを握りしめている。

「じゃあ、なんでそんな嘘をつくのよ⁉」

「嘘はついていない！」

オリーブは俯《うつむ》いたまま叫ぶ。ちらりと見えたその顔は、思い詰めていて苦しそうだった。

「義姉上《あね》！」

そこに能天気な声を上げてヴァンが現れた。なぜ中等部のヴァンがここに？

「聖女が義姉上《あね》を陥《おとしい》れようとしてるって聞いてきたんだけど」

「殿下、何をおっしゃっているんですか？　そのようなことは――」

ヴァンの言葉をボドワンは否定しようとする。

「おや、胡散臭《うさんくさ》いボドワンじゃないか」

「胡散臭《うさんくさ》いとは、いくら殿下といえども失礼ではないですか」

ボドワンが不機嫌そうに眉根を寄せる。

「自分が胡散臭《うさんくさ》くないというなら、この真実の薬を飲んでみるかい？」

「真実の薬など、ある訳ないでしょう！」

ヴァンが取り出した小瓶を見て、ボドワンはぎょっとして首を横に振った。

「ふーん。そう言って逃げるんだ。じゃあ、もっと胡散臭《うさんくさ》そうな聖女さんは？」

「誰が胡散臭《うさんくさ》そうよ。私は虐《いじ》められていたのよ、その女に！」

ピンク頭が私を指差す。形勢逆転した途端に元気になったな、こいつ。

「どう考えてもお前が義姉上《あね》を虐《いじ》めていたようにしか見えないけれど。そこまで自分が正しいと思えるなら、飲めるよね」

ヴァンの言葉に、さすがの聖女も怯《ひる》んだようだ。口をつぐみ、目を逸らしている。

「殿下。聖女様は私たち庶民の味方なんです」

声も出なくなった聖女の横でオリーブが絞り出すように言った。

「やあ、君は義姉上《あね》が兄上からもらった花束をめちゃくちゃにするように、その聖女から頼まれていた子じゃないか」

ヴァンがとんでもないことを言い出した。

嘘よね？　そんな、あの花束をめちゃくちゃにしたのがオリーブだなんて……

私は不安げな瞳でオリーブを見つめた。

「わ、私はそんなことしていません」

そう言うオリーブは、声も体も震えていた。

「じゃあ、なぜ震えているんだ？」

「殿下。殿下に直接話しかけられたら、普通の平民は震えますよ」

枢機卿《すうききょう》が慌ててフォローしようとした。

「そうかな。胡散臭《うさんくさ》そうなお前から声をかけられたほうが余程震えているじゃないか」

ヴァンが言うように、オリーブの震えはさらに増している。

「そこまで言われるなら、その薬を飲みます。そして、私が嘘を言っていないって証明してみせます」

オリーブはぐっと顔を上げると、そう言って前に進み出た。

えっ、オリーブは何を言っているんだ!?　あんな怪しい薬を飲むなんて……

ボドワンもピンク頭も、驚きの目でオリーブを見ている。

「ほう、勇気ある行動だな。でも、この薬はかなり強い効果があるんだ。下手をすると廃人になる可能性もあるけど、それでも飲むのか？」

ヴァンは脅すように言いながら、小瓶をちゃぷちゃぷと揺らす。

「私のことはもうどうでも良いのです！」

そう言うや否や、オリーブはヴァンの手から薬を奪って一気に飲み干したのだった。

「オリーブ！」

私は思わず叫んで、オリーブの傍に駆け寄った。

間に立っていた教会騎士など、一瞬で弾き飛ばしてしまった。友達の危機なのだから、それどころではない。

「近寄らないで！」

でも、オリーブは私を拒否した。

「何でそんな薬を飲むのよ……」

「私は、もう、もう良いのです」

オリーブは涙ぐみながら、私を見て微笑んだ。

「そ、そんな……！」

私はきっとヴァンを睨《にら》みつけた。ヴァンが真実の薬なんて持ってきたから、こんなことになったのだ。

「いえ、あの義姉上《あね》、これは事故で……」

さすがのヴァンも、私の剣幕にしどろもどろだ。

「うー！」

いきなりオリーブが叫び声をあげて、喉を掻き毟《むし》る。ああ、やっぱり薬が！

「オリーブ！　ヴァン、すぐに解毒剤を！」

私はヴァンの肩をつかんで揺さぶりながら叫ぶ。

「いや、義姉上《あねうえ》、解毒剤も、くそもなくて、大丈夫ですから」

ヴァンが私に揺さぶられながら、途切れ途切れに何か言っているが、声が小さくてよく聞こえない。

騒ごうとしたピンク頭も枢機卿《すうききょう》も、私の剣幕に完全に黙り込んでしまっている。

苦しんでいたように見えたオリーブはしかし、何とか立ち上がった。

そして、決意したように一つ深呼吸をすると、ゆっくりと口を開いた。

「私は、ローズに言われて、教皇猊下《げいか》から贈られた衣装をビリビリに引き裂いてしまいました。殿下からフラン様がもらったきれいな花束をめちゃくちゃにしたのも、ローズからそうするように言われた私です」

顔を歪めながら、でもはっきりとした口調でオリーブは言った。

嘘ー！　あの、アドから初めてもらった花束をぐちゃぐちゃにしたのは、やっぱりオリーブだったの……

信じてたのに……！

「お、オリーブ」

ピンク頭が声をかけるが、オリーブは首を横に振った。

「ローズ、ごめん。もうあなたとは付き合えない。私が友達として協力できるのはここまでよ」

「何を言っているのよ⁉」

「ノエルたちが言うように、あなたは聖女になって私たちを見下すようになったわ。孤児院にも全然来なくなった。昔のあなたはどこに行ったのよ！　王妃になって、絶対に孤児なんか生まれない世界にするって言っていたのは嘘なの？」

オリーブはピンク頭を睨《にら》んで、でも少し悲しげに言った。

「な、何を言うのよ。あと少しでうまくいくはずだったのに」

ピンク頭は顔を歪め、必死に言い訳を重ねる。

「あなたこそ、何を言っているの？　……そうね、あと少しで心清らかなフラン様を罠に嵌《は》めて、王妃になれたかもしれないわね」

「そいつが心清らかな訳ないでしょ。そいつは腹黒の悪役令嬢なのよ！」

もはや、ピンク頭の理論は破綻している。ゲームのことを持ち出しても、私とメラニー以外にはわからないのに。

「そんな訳ないでしょ。あなたがフラン様は悪役令嬢だって言うから、そう思おうとしていたけど、無理よ。どう見ても、フラン様は悪役令嬢なんかじゃないわ。単純で、食い意地がはっていて、自分の気持ちに正直で、脳筋なだけよ」

感動的な場面のはずなのに、なんか酷い言われようだと思ってしまった私は、けっして悪くないはずだ。絶対褒めてなかったよね？

「でもね、嘘はつかれないの。嘘つきなあなたとは違うのよ。フラン様は、約束してくれたら絶対に守ってくれる。どんなことでも絶対に。たとえ陛下に反対されても、約束したことは実行してくれるわ」

オリーブは私の目を見て、はっきりと言ってくれた。その信頼が面はゆい。

「はっ、そんな訳ないでしょ。王妃になるために、そう見せているだけよ。平民の人気を取るためだけにEクラスにいる女なのよ」

ピンク頭は私をちらりと見ると、偽善者だと糾弾《きゅうだん》する。

「そうだったとしても、何もしないあなたよりは余程ましよ。フラン様はね、あなたと違って、今、Eクラスで、私たち平民に寄り添おうとしてくれてるの。でも、あなたは殿下にしか寄り添おうとしていないじゃないの！　平民なんてクズとしか思っていないお貴族様を味方にして。何が皆のためよ。あなたは、自分のために王妃になろうとしているだけじゃない！」

オリーブはローズにはっきりと現実を突きつけた。そして私のことも持ち上げてくれたのだ。

私は単に青春したかっただけなんだけど。まあ、結果的にこうなったから良いだろう……

「何を言っているのよ。まず王妃にならないと意味ないでしょ。孤児院出身の王妃が史上初めて誕生するのよ。色んなことはそれからよ」

ピンク頭は最後の悪あがきをしていた。

「色んなことって何よ。全部あなた自身のためでしょ。自分が王妃様になって、周りを馬鹿にして威張り散らすだけじゃない。私たちのことなんてこれっぽっちも考えていないくせに。あなたは王妃になっても、自分のためにしか動かないわ」

「そ、そんな……」

オリーブに図星を突かれて、ピンク頭は返す言葉もないらしい。

「そこの小娘、いくら聖女様の友達とは言え、言葉が過ぎよう」

ここで、そこまで黙っていたボドワンがやっと口を挟んだ。

「ふんっ。よく言うわね。枢機卿《すうききょう》が聞いて呆れるわ。今回の黒幕はあなたじゃ――」

ブスリ！

その瞬間、オリーブの胸に矢が深々と突き刺さった。

「オリーブ！」

私の叫び声が会場中に響き渡った。

眼の前でオリーブが、私の友達のオリーブが矢で射抜かれたのだ。

私は反射的に、矢の飛んできた方角に爆裂魔術を放っていた。

遠くの木の上で爆発音がして、黒焦げの何かが落ちるのが見えた。

そっちはアドたちに任せて、私はオリーブに駆け寄る。

「オリーブ！」

私はオリーブを抱き寄せた。

「フラン様、ごめんなさい……」

オリーブはそう言うと目を閉じようとした。

「こやつ、都合が悪くなって口封じに……」

「喋るな！」

何かふざけたことを言おうとした枢機卿《すうききょう》の顔の前を、私の放った爆裂魔術が通り過ぎた。

少しかすめたのか、枢機卿《すうききょう》の顔に傷がつく。枢機卿《すうききょう》は口を開けたまま呆けていた。

私は自分がいくら虐《いじ》められたりしても構わない。でも、友達を傷つけた奴は許さない。

もし、枢機卿《すうききょう》が手を下したと確実な証拠さえあれば、この場で燃やしていたのに。

私はその横にいたピンク頭を見つけると、オリーブの前に引きずり出した。

「すぐに治しなさい！」

「で、でも……」

グチグチ言おうとしたピンク頭の目の前を、私の怒りの爆裂魔術が過ぎる。

「二度目はないわ」

私の横でかくかく恐怖に震えるピンク頭が癒《いや》しの魔術を繰り出すまで、少し時間がかかった。

脅しすぎただろうか。でも、やっと魔術をひねり出したピンク頭の癒《いや》しの力で、オリーブの体が光り輝いている。

おそらくこれで問題はないだろう。この場はノエルたちに任せて、私は枢機卿《すうききょう》の方に向き直った。

アドが騎士たちを指揮し、既に枢機卿《すうききょう》を拘束している。

「わ、私は何もしておらん！」

ボドワン枢機卿《すうききょう》が叫ぶ。

この期に及んでしらばっくれるなんて。怒った私の爆裂魔術が枢機卿《すうききょう》の頭上を通る。

「ギャー！　私の頭が！」

脅しのつもりだったが、ボドワン枢機卿《すうききょう》の髪に火がついてしまったようだ。ちょっとやりすぎたか。

仕方がない、と私はその頭の上から水をぶっかけた。

火が完全に消えたあとには、濡れハゲネズミが立っていた。

「おのれ、小娘。良くもやってくれたな。教会に逆らったからには、貴様の家など破門してくれようぞ」

枢機卿《すうききょう》はなんかトチ狂ったことを言っている。

我が家は二代前に教会と喧嘩して、既に破門されている。破門される前に我が家の方から教会とは絶縁したけれど。それ以来、我が領地に教会はない。

「あんた、よくも私の友達を傷つけてくれたわね」

破門などどうでもいい私は、枢機卿《すうききょう》の胸倉を掴んで叫んだ。

「ヒィ！」

「フラン、そこまでにしておけ。ここまでやったからもう良いだろう」

アドが後ろから私の肩に手をかけて止めてきた。

「……わかったわ。でも、次にやったら髪じゃなくてあんたを燃やす！」

私は逆の手に炎を出して、枢機卿《すうききょう》の前に突きつけた。私の言葉に、枢機卿《すうききょう》はかくかく首を縦に振る。

「それと、間違えないで。教会は既に我が家によって絶縁されているのよ」

そう、これはとても大切なことで、間違えると母と父がうるさい。

両親の心の中では、教会なんてものは人の信心を弄《もてあそ》んで儲けようとする、神の御心に反する悪徳エセ業者でしかないのだ。

私は言いたいことだけ言うと、手を離した。

ベチャッと地面に投げ出された枢機卿《すうききょう》を騎士たちが拘束する。

「良かった、うまく行って。本当に一時はどうなるかと思ったよ」

ヴァンがやって来て、私の横で朗らかに笑った。

「ヴァン、よくも私の友達に危険な薬を飲ませたわね！」

真実の薬なんてものを飲んだから、オリーブは苦しんだし、矢で射られてしまったのだ。

「飲ませていないって。義姉《あね》上、あれの中身は水だよ」

「えっ？　水？」

私はヴァンの言葉に絶句した。

「じゃあ、なんでオリーブは苦しんだのよ？」

「うーん、それはよくわからないけど、薬を飲んだと思って全く違うものを飲むと、薬を飲んだのと同じ効果が出ることがあるんだって。要は思い込みだよ」

「そうなの？」

そんなこと、私は初めて知った。

「フラン。今回の件、お前は暴走しすぎだぞ」

後ろからアドが注意してきたけど、怒られる筋合いはない。

「何を言っているの。学園内に刺客《しかく》を入れるなんて、どうなっているのよ。騎士団が弛《たる》んでいるんじゃない？」

「大変申し訳ございません」

アドの後ろから中央騎士団長が頭を下げてきた。

「しかし、刺客《しかく》を丸焦げにしなくてもよかっただろう。治療が必要だから、背後に誰がいるか調べるには時間がかかるぞ」

「でも、これ以上の被害を出さないためには仕方がなかったんじゃない？　オリーブが攻撃を受けても騎士の反応は鈍かったわね？　本来ならば私が撃ち込むより先に行動しないといけないんじゃないの!?」

「重ね重ね申し訳ございません！」

中央騎士団長は再度、一層深く頭を下げた。

「しかし、あそこはそもそも中央騎士団の担当じゃないだろう。近衛だ」

「まあ、そうなのですが……」

「また近衛？　グロヴレ騎士団長はどこにいるのよ？」

先日のピンク頭誘拐事件の時も、近衛が目を離したんじゃなかった？　何をやっているんだか。

「今日は休みだそうだ」

「休み？　学園で行事があるのに？」

こんな行事の時に警備の責任者がいないなんて、あり得ない。

「体調不良だそうだ」

「それで近衛の反応が鈍かった訳？　……何かが変だと思うんだけど。まあ、死人が出なかったから良いか」

とりあえずはそれで納得しつつも、私は何か腑《ふ》に落ちない物を感じたのだった。

この後どうなったかというと、ピンク頭の治療のお陰で、オリーブの命は何とか助かった。しばらくは入院生活になるみたいだけど、一ヶ月くらいすれば元の体に戻るそうだ。

ピンク頭は修道院入りする予定だとか。癒《いや》しの力は本物なのだから、心を入れ替えて真面目に生きてほしいものだ。

暗躍していた枢機卿《すうききょう》は、なんと帝国の枢機卿《すうききょう》と通じていた。聖女をアドの婚約者にするため色々と良からぬことを企んでいたらしく、最終的な逮捕者は十名以上に及んだ。

しかし、協力者だった帝国の枢機卿《すうききょう》は逃げ足が早く、騎士団が踏み込んだ時には、既に帝国の秘密施設はもぬけの殻だった。国外に逃げられてしまえば手出しができないので、捜査は難航している。

結局、心配していたサマーパーティーは開催さえされなかった。

正確には、開かれる前に断罪されかけたけれど、友人たちに助けられた。

その夜はメラニーと二人だけで断罪回避のお祝いをして、夜遅くまで騒いだ。

そして翌日、家に帰った私は久しぶりにゆっくりと寝たのだった。

夢の中で、アドが今回のお詫びにとハッピ堂のプリンを山ほど奢《おご》ってくれた。

私のお腹の中にはいくらでもプリンが入って、なぜかアドがスプーンですくって食べさせてくれていた。

「あーん、もっと、アド」

私はアドに次の一口をおねだりする。

「フラン様、フラン様」

アリスに揺り起こされ、寝ぼけ眼の私は手を差し出した。

「アド、もっと」

しかし、求めていたプリンは与えられず、目を覚ました私の前には、赤くなったアドがいたのだ。

「えっ、えええええ！」

寝起きでぼやけていた目の焦点が一瞬で合い、慌てて飛び起きた。

「なんで、ここにアドがいるのよ!?」

「申し訳ありません。フラン様が中々起きてこられないので、応接室で待っていらっしゃった殿下が、昔の感覚で部屋に入られたようです」

そんなの、子供の時のことでしょ。朝が弱い私を、アドはよく起こしに来てくれていた。

「フランは、夢の中でも俺を呼んでくれるんだな」

なんだかアドは感動しているようで、眼をきらきらと輝かせている。

「はあ？　夢の中でアドからプリンをもらっていただけよ。と言うか、着替えるから出て行け！」

枕で攻撃すると、アドは這々《ほうほう》の体《てい》で部屋から逃げ出した。

「で、なんでアドが来ているのよ？」

「何でも、陛下のお呼び出しだそうです」

「陛下の？　最近悪いことはしていないわよ」

私はアリスに慌てて釈明《しゃくめい》した。

「左様でございますか？　一昨日《おととい》も色々とご活躍だったと、坊ちゃまからは聞いておりますが……」

「……悪いことはしていないもの」

アリスから向けられる白い目に耐えられず、私は思わず目を逸らした。

「それよりも、すぐに着替えをなさって下さい」

それから三十分で拝謁出来る服に着替えさせられると、待ち構えていたアドに王家の馬車に乗せられた。

「で、陛下は何の用なの？」

「さあ、勲章《くんしょう》か何かをくれるのではないか」

なるほど、ご褒美がもらえるかもってことね。

「じゃあ、二代前に取り上げた領地を返してもらってよ」

「それはなかなか厳しいだろう」

私のドサクサのお願いはアドにあっさりと否定されてしまった。なんだかんだこいつはしっかりしている。

「まあ、そうよね。そんなに働いていないし、帝国の枢機卿《すうききょう》はアドが取り逃がすし」

「いやいや、すぐに騎士たちと拠点まで行ったんだぞ。でも、逃げ足だけは早かったみたいだ」

私が嫌味を言うと、アドは慌てて言い訳をした。

「嘘よ。ちゃんと動いてくれたアドに、そこまで酷いことは言わないわ。でも、騎士団から帝国側に情報が漏れているんじゃない？」

「その可能性もあるが、まだ確証は掴めていない」

アドには珍しく、歯切れの悪い答えだ。

「ヴァンの真実の薬を使えば良いんじゃないの？」

「フラン、さすがに味方にそれは使えない」

私の提案に、アドが窘《たしな》めるように苦笑した。

「でしょうね。でも、どうするのよ？　このままだとまた、何か起こるんじゃないの？」

「まあ、色々考えているところだ。まだ、結論は出ていないが」

「まあ、そうよね」

騎士団に秘密漏洩《ろうえい》の可能性があるなんて、一大事だ。でもこれには複雑な事情があって、私たちも中々踏み込めないでいたのだ。

今後の対策を話し込んでいるうちに、馬車は王宮についた。

「ただ今戻りました」

「陛下、ご機嫌麗しく。お呼びと伺い、参上いたしました」

陛下の御前に出て、私は型通りの挨拶をした。

「おお、フランソワーズ嬢、待っておったぞ」

陛下に勧められて私たちは席についた。今回はペア席だ。陛下の隣には王妃様がいらっしゃった。

「此度《こたび》のその方らの活躍、本当によくやってくれた。これで生意気な教会にも一矢報いてやったわ」

陛下は喜びを露《あら》わに、私たちにお褒めの言葉を下さった。

教会の態度には陛下も怒っていらっしゃったらしい。

「今回のお手柄はフランです。私は横で見ていただけですから」

「いえ、私も友達に助けてもらっただけですから」

アドの言葉に、私は首を横に振った。

「そうか、フランソワーズ嬢は友達に助けられたか。最初はどうなることかと思っていたが、うまくクラスに溶け込んでいるようだな」

「まあ、何とか」

私はまだ完全に溶け込めているとは思えなかったけれど、初めと比べれば多少はね。

「フランソワーズ嬢の身分にかかわらず親しくなろうという姿勢は、民へのアピールにもなる。本当に良くやってくれている」

「お褒めいただき、光栄です」

うーん、そんな大それたことは考えずにやって来たんだけれど……前世でできなかった、何でも言い合える友達を作りたくてやっただけなんですとはさすがに言えない。

まあ、褒められるなら褒められておこうと迂闊《うかつ》にも私は思ってしまったのだ。

「そこでだ。フランソワーズ嬢のクラスメイトを、この王宮の王妃のお茶会に招待しようと思うのだが」

「お、王妃様のお茶会ですか？」

思わぬ陛下の言葉に、私は固まってしまった。いや、お茶会を開いてくれるのは問題ないのだ。お茶会自体は。でも、王妃様のお茶会というのを、私はできたら避けたかった。

「クラス対抗戦で一位を取ったことでもあるし、クラス全体を呼ぶことは問題なかろう」

「左様でございますね」

陛下の横で王妃殿下も頷かれた。

「でも、皆、王宮に着てくる衣装などを持っていないのではないかと思いますが……」

「衣装など、制服で良いのではなくて」

私のなけなしの抵抗は王妃様の一言であっさりと潰されてしまった。

私の困った様子を見て、アドの目が笑っていた。笑うより助けろよと思わないでもないが、こいつはこういう時にはめったに助けてくれない。

私個人的には王妃様のお茶会は遠慮したい。本当に！　でも、クラスの子たちは喜ぶかもしれない。特にノエルなんかが……

「それで、フランソワーズ、少し打ち合わせがしたいのよ。少し良いかしら」

「えっ、いえ、王妃様、私にも予定というものが……」

私は王妃様と二人きりになるのだけは絶対に避けたかった。私を個室に呼ぶということは絶対に何かのお小言を言われるのだ。

最近は色んなことをやりすぎて、どの件について叱られるかわからないくらいだ。なんとしても逃げなくては。

「何言っているのよ。この後の予定はないってアドルフからは聞いているわ」

「えっ、アド、それはどういう――」

ことだと聞こうとしたんだけど、強引に腕をつかまれ、近くの王妃様のお部屋に連れ込まれたのだった。

やばい、これは絶対にやばいやつだ。アドの奴、知っていたな！　絶対に許さない。

私はそう思ったが、もう後の祭りだった。

でも、王妃様は私を手ずから席に案内してくれた。こんなことは初めてだった。

いつもはあなたの礼儀作法はなっていないとかなんとか、部屋に入ってすぐに散々注意されるのに、なぜだろう？　でも、これは嵐の前の静けさかもしれない。

「あのう、王妃殿下、一昨日《おととい》は申し訳ありませんでした」

こういう時は先手必勝だ。私はとりあえず謝ってみた。

「えっ、一昨日《おととい》？　何かやらかしてくれたかしら」

えええ？　昨日の断罪事件ではないらしい。じゃあ、何なんだろう？

「一昨日《おととい》は本当に良くやってくれたわ。聞きましたよ。あなたも本当に大人になったのね」

王妃様が私に感心している。どこか打ちどころが悪かったのだろうか？

「昨晩、シャモニ伯爵夫妻が私を訪ねてきたのよ」

「シャモニ伯爵夫妻が……」

ジャクリーヌの両親だ。何を余計なことを言ってくれたんだろう？　私は青くなった。

「あなた、初めてアドルフからもらった花束をめちゃくちゃにした平民の女の子を許したんですって？　それに、無理やり聖女に癒《いや》しの魔術まで使わせて助けたって聞いたわ。中々できることじゃないわ」

なんと、あの王妃様が私を褒めている⁉

「まあ、私さえ我慢すれば良いだけですから。人の命より大切なものはありません」

それは、身分制のない前世の感覚を持つ私にしたら当然のことだったのだ。

「そうよね。罪を憎んで人を憎まずって言うけれど、普通できることではないわ。それも、貴族の中には平民を虫けらのように見下すものもいるのに、自分に酷いことをしたその平民の命を助けるなんて、簡単にできることではないわよ」

王妃様はさらに褒め称《たた》えてくれた。しかしだ。ここで喜んではいけないのだ。ここでは。

「まあ、王妃様が日頃おっしゃっていることを実践しただけです」

言えた。初めていいタイミングでヨイショできた。

散々周りに言われたことがやっと出来たのだ！

私は心の中で自分に感動の拍手を送った。

「そう、あなたの良いところはそこよ。決して自分の手柄にしないところよ。あなた、皆の前で私を立ててくれたんですって？」

「えっ」

王妃様について、何か言ったっけ？

「まあ、謙遜《けんそん》しなくてもいいわ。『王妃様はいつも平民一人の命よりも尊いものはない』って口癖のように言われているって、孤児院出身の女生徒の命を聖女に助けさせる時に言ってくれたんですって？　伯爵夫妻が、『王妃様がそこまで慈悲深いお方だとは失礼ながら思っておりませんでした』と陛下の前で褒めてくれたのよ。私も鼻高々よ」

私はキョトンとした。そんなことを言った覚えはない。

ピンク頭に言うことを聞かせるために、王族の命も平民の命も同じ価値だとか叫んだ記憶はうっすらあるので、それをジャクリーヌが聞き間違えたんだろうか？

まあ、褒めてくれるなら、それに越したことはないから別に良いか。

……そう思ったのが間違いだった。それからも王妃様のお話は尽きることがなく、私は延々と付き合わされたのだ。私の猫かぶりも限界だった。

心配してアドが迎えに来てくれた時には、私は息も絶え絶えになっていた。

私は二度とヨイショするのは止めようと心に決めた。ヨイショにこんな苦行がついてくるなんて想像もしていなかった。これなら、礼儀作法がなっていないと怒られていた方が何倍もましだ。

いや、怒られるのも嫌だけど……

なんとか王妃様の部屋を抜け出した私たちを、中央騎士団長のダンベールが待ち構えていた。

「フラン様。お友達のメラニー様が昨日からお家に帰られていないそうです」

「えっ、メラニーが？」

騎士団長の言葉に、私は動揺を隠せない。

「ど、どういうこと？」

「メラニー様が友人たちと街に一緒にお出かけされた所までは判明したのですが、その後、買い物をしてから帰るからと、友達と別れてからの行方は依然掴めておりません。ご両親から捜索願が昨日の夜に出されて、現在、メラニー様のその後の行動について目撃者がいないか調べているところです」

「そんな大変なことを、なんですぐ私に伝えてくれなかったの？」

メラニーが危ない目に遭っていたらどうしよう。王妃様とお話なんて、している場合じゃなかった。

「申し訳ありません。我が中央騎士団は帝国の枢機卿《すうききょう》を追いかけるのに出払っており、街の警らから上がって来た報告は近衛の方に回されたようでして、私が掴むのも遅れてしまいました」

そこへ、騎士の一人が慌てて駆け込んできた。

「申し上げます。聖女が攫《さら》われました！」

「何だと⁉　聖女は近衛が北の修道院に護送していったのではなかったのか？」

アドが驚きの声を上げる。メラニーの行方不明に続き、ピンク頭まで……⁉

「四名で護送していたのですが、途中でならず者の集団に襲われて攫《さら》われたようです」

「騎士は無事なのか？」

「三名死亡したとのことです。残りの一名が命からがら逃げ延びてきています」

兵士が報告していく。

「殿下、私は一個大隊をそちらに向かわせます」

「わかった。父上には私が報告しよう」

騎士団長は部下に指示を出すため、慌てて走り去っていった。

「アド、私は取り敢えず、屋敷に帰って着替えてくるわ」

私はアドに申し出た。この謁見《えっけん》用のひらひらした服じゃ、いざという時に動けない。

「しかし、フランにはこのままここにいてもらったほうが……」

「戦力は少しでも多いほうが良いでしょ。ついでに、屋敷の騎士を連れてくるわ」

「そうだな。頼む」

アドはそのまま、陛下に報告するために執務室に入っていった。

私は王宮の出口に向かう。まあ、屋敷の騎士たちの腕はまだまだだが、いないよりはいた方が良いだろう。ついでにジェドに色々調べてもらわなくては。ジェドならメラニーの居所もすぐに探りだしてくれるかもしれない。

……メラニーのことだから大丈夫だとは思うけれど、万が一ということもある。何しろメラニーに攻撃魔術の実力はないのだ。その点だけが心配だった。

馬車だけ借りて送ってもらおうとしたのだが、近衛騎士の六名がアドの命で送ってくれると言う。

「でも、人手が足りないんじゃないの？」

「しかし、殿下の命令を無視する訳には参りません」

そう言われると、無下にも出来ない。

まあ、我が家の屋敷は王宮からそんなに離れていないし、時間はかからないだろう。

私はアドの好意を受けることにした。でも、それがそもそも間違いだったのだが。

私は珍しく頭を使って今回の件を考えてみた。

メラニーが帰ってこないのは、誘拐されたと見ていいだろう。

そこに、聖女の誘拐が同タイミングで起きるなんてことは、偶然ではありえない。

つまり、犯人は同一人物、もしくは組織だ。

それに、聖女の誘拐だが、おそらくこちらは脱走だろう。聖女が自らならず者を雇って襲わせたのにちがいない。

……ということは、メラニーは私を誘い出す囮《おとり》として誘拐されたのではないだろうか？

私の為にメラニーが誘拐されたなんて、酷すぎる。誘拐した奴らは絶対に許さない。

この時私は考え込んでいて、馬車が他の道に入っていくのに気付かなかった。

家に帰るだけにしては時間がかかりすぎていると思った時には、馬車は既に別の屋敷の敷地に入っていたのだ。

しまった、私も誘拐されてしまったのか。

でも、近衛騎士が犯人ということは、黒幕は……

馬車の扉が開くとそこには予想通り近衛騎士団長のグロヴレ侯爵が立っていたのだった。

「このようなところでどうしたのです、近衛騎士団長？」

私は平然と尋ねる。敵に動揺を見せたら負けだ。

「襲撃犯が待ち構えているとの情報で、フラン様をこちらにお連れした次第です」

騎士団長は当たり前のように言うと、ガチャリと魔力封じの手錠を私の手にかけた。

「あなたが今回の黒幕なのね」

「黒幕とは何のことだか」

騎士団長は鼻で笑うが、もはやそんな誤魔化しは通用しない。

「なぜ、騎士団長ともあろう者が、帝国の犬になり下がったのですか？」

「何をおっしゃいますやら。私は帝国の犬ではない。……ただ、最近の陛下は貴族を蔑《ないがし》ろにして、平民の人気取りが過ぎるように思うのですよ」

「だからって、あなたがこのようなことをして良いという話ではないでしょう。あなたはひょっとして反逆しようとしているの？」

騎士団長の口ぶりに、私はぎょっとして聞いた。まさか反逆まで考えているとは思ってもいなかったのだ。

「さあどうですかな。おい、奥の牢屋に連れて行け」

騎士団長の邸宅の中には、近衛騎士が至るところにいた。

私は地下牢に連行されながら、近衛の中でこれだけ多くの者が彼の手足となって動いていることに驚きを覚えた。騎士団長が怪しいとは思っていたが、まさか、近衛全体で反逆を企てているとまでは考えていなかったのだ。

せいぜい騎士団長が帝国に便宜《べんぎ》を図る程度だと思っていた。しかし、騎士団長は反逆の意思を明確に否定しなかったから、そういうことなのだろう。

当然、後ろでは帝国も一枚噛んでいるはずだ。

これはおちおち捕まっている場合じゃない。

すぐにでも行動を起こさなければ。でも、もう少し情報を仕入れたい。

牢獄にはメラニーがいるんだろうか？　メラニーならば、既に色々掴んでいるだろう。

そう期待して牢に入ったのに、牢の奥にメラニーはいなかった。

「やっと悪役令嬢が来たの。遅かったわね」

私の背後から、脱走したと思われるピンク頭の声がした。

「メラニーはどこにいるの？」

とにかくメラニーの無事を確認したい一心で、私は問いかける。

「メラニー？　ああ、あんたの腰巾着？　あんたをおびき寄せるために捕まえようとしたんだけど……でも、そんな必要はなかったみたい。ゲームと違ってあんたが本当に超単細胞で助かったわ！」

そう言って、ピンク頭は高笑いをする。私よりもよほど悪役令嬢がお似合いだ。

「ゲームって言うことはあんた、やっぱり転生者なのね」

クイズのあたりから確信はしていたが、本人の口からちゃんと聞くのは初めてだ。

「そう言うあんたも転生者だったのね。それで悪役令嬢のフランがおかしかったんだ。私を虐《いじ》めてこないし、気付いたらEクラスなんて底辺クラスにいるし、変だとは思ったのよ。それに気付かないなんて、本当に私も馬鹿だったわ。……だからヒロインの私がアドルフに振られたのね」

自虐《じぎゃく》的にピンク頭が呟いた。アドのことが好きだったのは、本当だったのかも。

「あんたたち、何をするつもりなの？　反逆なんて止めて、素直に降伏しなさい」

私は降伏を勧告した。今ならまだ、罪が軽く済むかもしれない。

「ふんっ、そんな格好で何が出来るのよ」

ピンク頭は私の手錠で繋がれた手を見て笑った。

「私も本当ならアドルフ様と結婚して王妃になりたかったわ。でも、あんたが邪魔したからこうなったんじゃない！　でも、近衛騎士団長はゲームの隠れキャラなのよ。知っていた？」

私は首を横に振った。メラニーならば知っていたかもしれないが、私はこのゲームを序盤の序盤で投げ出した口なのだ。そんなの知る訳はなかった。

「ふんっ、ツメが甘いわね」

ピンク頭はそう言うと、せっかくだからと笑って教えてくれた。

「グロヴレ侯爵は前国王の娘を母に持ち、知られていないけれど、帝国の皇帝の落とし子なのよ。すなわち、このエルグラン王家の血と、帝国の皇帝の血を引き継いでいるの。現国王よりも余程高貴なお方なのよ。侯爵に国王になってもらって、聖女の私が王妃になるわ。あんたの周りの子も、可哀想に。あんたが素直に悪役令嬢をしていたら、オリーブも矢で射抜かれる必要もなかったし、メラニーも無事に学園生活を送れたのにね」

「あんた、メラニーに何をしたのよ⁉」

私は不敵な笑みを浮かべて楽し気に話すピンク頭に詰め寄ろうとするが、手錠が動きを妨げる。

「さあ、私は何も。ならず者たちが二度と外を歩けないようにしてくれただけよ」

「な、何ですって？」

私はその言葉を聞いて、完全にぶち切れた。

メラニーの居所さえ吐かせていれば、そのまま燃やしていただろう。

「もともと、あんたが素直に断罪されていたらこんなことはしなくて済んだのに。本当に可哀想に。あんたの友達も皆、捕まえて、いびり殺してやるわ。私の前に跪《ひざまず》いて許しを乞わせてやる。いくら泣き叫んでも決して許さない。もちろん、オリーブもね」

ピンク頭はけらけらと笑っている。

「オリーブはあんたの幼なじみじゃないの」

驚いたが、その幼なじみを矢で射抜かせたのがこいつだ。人の心はどこかに捨ててきたのだろう。

「ふん、そんなの関係ないわ。あいつは私の言うことをハイハイ聞いていたら良かったのよ。それをあんたにほだされて私を裏切るなんて……許さないわ」

そう言うピンク頭の目は、爛々《らんらん》と憎しみに燃えていた。

「あんた、まだ何かやるつもりなの？」

「ふんっ、他人の心配をするよりも、まず自分の心配をすればどうなの？　まずはあんたから痛めつけてあげるわ。じっくりとね」

獲物を見るような目で私を睨《にら》むと、ピンク頭は鞭《むち》を取り出し、ピシッと手のひらに打ち付けた。

「私に対しての今までの無礼の数々、泣いて侘びても許さないわ」

そう言って、凄《すさ》まじい勢いで鞭《むち》を振り下ろした。聖魔力で強化でもしたのだろうか、当たったら普通の人間ならただではすまないだろう。

聖魔力をなんてことに使うんだ。罰当たりだな、と私が他人事のように思った次の瞬間。

ペチッ。

ピンク頭の渾身の力がこもった鞭《むち》打ちを、私は軽く片手で受け止めた。

「えっ？」

ピンク頭は自分のとっておきが受け止められたことに、驚きを隠せないようだった。

こいつは馬鹿だ。私は小さい時から剣聖に虐《いじ》めのように扱《しご》かれてきたんだ。その私に、そんなちゃちなおもちゃが通用すると思っているのか。

そのままぐいっと鞭《むち》を引っ張ると、ピンク頭はなすすべもなく、私に向かって倒れ込んできた。

「よくもメラニーに酷いことをしてくれたわね」

私はその憎たらしい顔を、そのまま怒りに任せて殴りつけた。

ダンッ！

鼻血を飛ばしながらピンク頭は吹っ飛んでいった。牢の鉄格子に頭から突っ込み、顔中血だらけになっている。

「私、二度目はないって言ったわよね」

私はそのままゆっくりと歩み寄ると、ピンク頭の胸倉を掴んだ。

「メラニーはどこにいるの？　今すぐに言いなさい」

「嘘よ！　そもそもメラニーは捕まえていないわ！」

ピンク頭は血まみれ、涙まみれの顔で喚く。

「そんな嘘をついて、信じると思うの？」

今度は平手打ちをしようと、手を振りかざす。

「待て！　小娘」

後ろからしわがれ声が聞こえた。

私が振り向くと、そこには真っ黒なローブを着た胡散臭《うさんくさ》そうな男が立っていた。

「何よ、おじさん。誰かは知らないけど、何か用なの？」

一刻も早くメラニーについて聞き出したい私は、怪しいおじさんを邪険に扱う。

「き、貴様。この世界最強の魔術師で、帝国の枢機卿《すうききょう》であるエッカルト・ベーデンガー様を知らんのか？」

「知らないわ」

私はにべもなかった。そんなこと、今はどうだっていいのだ。

「エッカルト様！」

ピンク頭は助けが来たと思ったみたいだ。

私はその変質者を無視してピンク頭の頬を張り倒した。

「ギャッ」

ピンク頭はもう一度、鉄格子に顔から激突して、今度は気絶してしまった。

「な、何をするのだ！　貴様、私を無視するとは良い根性をしている。しかし、私特製の魔力封じの手錠をしているのに、私に勝てると思っているのか」

男はまだ余裕で話していた。そうか、こいつ勘違いしているんだ。

「はあ？　このちゃちな手錠のことを言っているの？」

私は手に少し魔力を込めた。

パリンッ。

その瞬間、手錠はバラバラに吹っ飛んでいた。

「えっ。まさか、まさか！　私の魔力封じが破られるとは」

男は唖然《あぜん》として、視線を彷徨《さまよ》わせる。

「いや、そんな訳はない。グロヴレがきちんと手錠を嵌《は》めなかったのだ。そうに違いない」

男は自分で言って自分で納得していた。

「あんた、馬鹿じゃないの？　自分より力のある者の魔力を封じることなんてできる訳ないでしょ」

私はそんな単純なこともわからないのかと、男を見下してやった。

「何！　そんな訳あるか。私は帝国最強魔術師エッカルト・ベーデンガー様であるぞ。皇帝陛下から世界最強魔術師の称号を得ているのだ」

「帝国なんて、魔術後進国でしょ。後進国最強でもこの国じゃ大したことはないのよ」

「うるさい！　エルグラン王国こそ、帝国の足元にも及ばない辺境の小国であろうが！」

男は私に馬鹿にされたのが余程気に入らなかったようだ。

「私の魔術を喰らえ！」

爆裂魔術を私に向けて放ってきた。

私はそれを障壁で軽く跳ね上げる。それは天井にぶち当たり、凄《すさ》まじい爆発を起こした。

天井から色んな物が落ちてきて、爆発と粉塵《ふんじん》が収まった後には青空が見えていた。

「ふんっ、やっぱりちゃちね」

私は男の魔術を見下して、鼻で笑う。

「何を言う！」

怒り狂った男は次々に爆裂魔術を放ってきた。

私は見た目変質者のその魔術師の必死の攻撃を尽《ことごと》く軽く弾き飛ばした。

そのたびに凄《すさ》まじい爆発が起こる。

この屋敷――おそらく近衛騎士団長の屋敷だと思うが――は灰燼《かいじん》と帰していた。

「はあ、はあ、はあ、はあ」

男は持てる魔力のほとんどを使い尽くしたのか、息が荒い。今にも倒れそうになっていた。

「もう、それで終わりなの？」

私は馬鹿にして言った。

「うるさい。貴様も前にここにいた女のようにしてやるわ」

「あなたも私のメラニーに何かしたの？」

私は男が何かしているかもしれないと思い、鋭く睨《にら》みつけた。

「メラニー？　その女の名前なんぞ知らんが、可哀想に。いつまでも助けが来ると信じておったぞ。私は鞭《むち》打ってその女が気を失うたびに水をぶっかけてやったのだ、感謝してほしいもの……ギャー！」

男の発言に怒り狂った私は、無詠唱で最大出力の爆裂魔術を男に叩き込んだ。

凄《すさ》まじい爆発音がして、あたり一面が破壊される。

男は黒焦げになり、一瞬で弾き飛ばされた。帝国最強の魔術師は実にあっけなく、切れた私の一撃によって倒されたのだ。

魔術師を倒した私は、直ちに反逆軍を止めようと思った。

しかし、見上げた地上は悲惨な状態になっていた。

王位簒奪《さんだつ》しようと近衛騎士団長と共に今まさに反乱しようとしていた近衛の大半は、私と自称世界最強魔術師の戦いのとばっちりをモロに受けて壊滅状態になっていたのだ。

まあ、私と帝国の魔術師が何も考えずに、まさに、反乱のために出撃しようとしていたその真下で爆裂魔術をやりあったのが全ての原因だったのだが……

近衛の多くが爆裂魔術の直撃を受けたか、間接的に破壊された建物の下敷きになっていた。

こいつら、こんなんで本当に反逆しようと考えていたのか？　と思わないでもなかった。

なんとも情けない話だった。

私は瓦礫《がれき》をかき分けて、なんとか地上に出ようとした。親玉を見つけなくてはいけないし。

「フラン、大丈夫か？」

そこへ、アドが走ってやってきた。

「遅い！」

元々、近衛騎士団長は怪しかったのだ。ピンク頭はさも重大な秘密であるように語っていたが、帝国の皇帝の落とし胤《だね》の可能性は前々から噂されていた。内偵もしていたはずなのに。

「まさか、近衛がここまで噛んでいるとは思ってもいなかったんだよ」

「ちょっと、警戒が足りないんじゃないの？」

私はアドの言い訳に文句を言っていた。

まあ、さすがに王族の直属の護衛の近衛は今回の件には噛んでいなかったが。対策として、この直前に近衛騎士団長とは指揮系統を分けたのだ。

今回の反逆のきっかけには、王族の護衛の指揮系統を分けられて近衛騎士団長も焦りだしたというのもあるだろう。

アドと合流できた安心感から、私はここがまだ戦場であるという認識が少し欠けていた。反乱軍の隠し玉である帝国最強魔術師を倒して、近衛の大半がやられているのを見て、完全に油断していたのだ。

そう、完全に周囲の安全を確認していなかったのだ。


ブスリ。

「えっ」

近くで何か、鈍い、嫌な音がした。

私が慌てて周りを見渡すと、キョトンと目をまん丸にしたアドがいた。

「アド？」

私が呼びかけると、アドは表情を少し緩めた。

何だ、良かった、気のせいだ。

私がそう思った時だ。アドが私の方に倒れてきた。

「えっ？」

私は慌ててアドを抱き止める。

アドの背中に回した私の手に、ぬるりと生温かいものが触れた。

それは血だった。

「えっ、アド、何、どうしたの？」

私は状況が理解できず、慌ててアドに呼びかけるが、返事はない。

「良くも俺様の邪魔をしてくれたな。フランソワーズ、貴様だけは許さん」

その時、弓矢を持った傷だらけの騎士団長がようやく私の視界に入ったのだ。

騎士団長は血まみれになりながら弓矢を引こうとしていた。

しかし、私はその言葉をよく聞いていなかった。

反射的に爆裂魔術を放ち、騎士団長が黒焦げになって倒れるのを見てもいなかった。

「アド！」

私が必死に呼びかけると、アドは少しだけ目を開けた。

「良かった、フランが無事で」

そう虫の息で言って、再びアドは目を閉じてしまった。

「えっ？　アド！　アド！」

私は完全にパニックになっていた。私が呼んでも揺すっても、アドは答えてくれない。

そんなの嘘だ！

私のアドが死ぬなんてありえない。

私の脳裏を、アドと過ごした今までの十年以上の歳月が走馬灯のように流れていく。

いつも意地悪だったけど、アドとは小さい頃からずっと一緒だった。

特に小さい時は、色んなことをアドと一緒にやってきたのだ。

そのアドがボロボロになっている。

いや、そんなのは嘘だ。

これは何かの冗談だ。アドのいつものいたずらに違いない。

「アド！　アド！」

私は必死にアドを揺り動かしたが、アドは反応しなかった。

アドが死ぬなんて嘘だ。

私のアドが死ぬなんて嘘だ。

私はずっとアドと一緒に育ってきたのだ。前世の記憶が戻る前から。勉強では散々馬鹿にされたけど、代わりに魔術では散々馬鹿にしてきた。でも、それ以外にも色んないたずらとか、貴族の令嬢令息がしそうもないとんでもないことも一緒にやってきたのだ。

陛下の肖像にちょび髭を描いたり、昔の国王の銅像を魔術の練習で壊してしまったり、アドはそんな時はたまに私に代わって怒られてくれたりもした。もっとも、チクられる方が多かったけど。

やだやだやだやだ、アドが死ぬなんて絶対にやだ。

私は自分の心に初めて気がついたのだ。

アドが好きだってことに。

今までずーっとアドが好きだったってことに。

でも、もう遅かった……。

私はアドを抱きしめてひたすら泣いた。ただただ泣いていただけだった。

後から考えたら、本当に役立たずだった。

ヴァンとジェドが真っ青になったピンク頭をしょっ引いてきて、アドに癒《いや》しの魔術をかけさせるまで、私は本当に役立たずだった。

私がさっさとピンク頭を捜し出して癒《いや》しの魔術をかけさせれば良かったのだ。

でも、こいつ、さっきは私の言うことを全然聞かなかったのに、なぜかヴァンの言うことは聞くんだけど、何でだろう？

癒《いや》しの魔術がなんとか間に合って、アドは一命をとりとめた。

そしてそのまま、アドを王宮の病室に馬車で運んだのだった。

☆

命は助かったアドだが、癒《いや》しの魔術をかけるのが遅かったからか、高熱を出して大変だった。

結局、アドが目を覚ましたのは三日後だった。

私はその間ほとんど不眠不休でアドの看病をした。侍女たちを一切アドに近づけなかったのだ。

アドの世話は全部自分でした。

そして、アドが目を覚ました後もアドの部屋に居座っていた。

さすがにそろそろまずいかなと思うけれど、一緒に居ないと、またアドが傷つけられたらどうしようと、とても不安なのだ。

最初に行方不明になったメラニーは、ならず者に襲われはしたが、なんとか自力で逃げ出して、無事だったそうだ。

首謀者の侯爵家はおそらく御家断絶だろう。携《たずさ》わっていた近衛騎士は百名を超えたという話だ。

今陛下たちはその後処理で大変みたいだったが、そこは任せて良いだろう。


「はい、アド、あーん」

スプーンに載せた流動食を、アドの口元まで運ぶ。

「あーん」

アドが口を開いて、ぱくりと飲み込む。

アドが食べてくれた。なんだかアドの目も笑っている。

私は幸せだった。

「あのう、お二方。俺たちもいるんですけど……」

後ろから申し訳なさそうに、たくさんの書類を抱えたオーレリアンたち側近連中が声を掛けてくる。

呆れられているのはわかっているんだけど、アドの命が助かったところだから仕方がないよね。

そして、その後ろには、腕を組んで怒っているジェドとヴァンがいた。

「姉上。そろそろ家に帰ってきてくださいよ。でないと母上に言いつけますよ。姉上がずっと殿下の部屋に寝泊まりしているって！」

「何言っているのよ。あんた、既に言いつけているでしょ」

「えっ、いや、その……」

ジェドがしどろもどろになった。

「お父様とお母様が転移して来て、大変だったんだから」

「えっ、あの二人が来たんですか？」

「そうよ。お父様は『こんな手の早い男の傍にいてはいかん』と言って暴れるし、お母様は『やっとあなたたちもラブラブになったのね。早く孫の顔を見たいわ』って訳のわからないことを言うし」

私は赤くなった。

「あの色ボケ母、何を言ってくれるんだ」

ジェドは手を震わせて文句を言っていた。

「あーら、ジェド。お母様のこと、色ボケなんて言って良いの？　あんたみたいに言いつけてやろうかな」

「えっ、いや、姉上」

「ということで、私はもう少し王宮でお世話になるから」

私は文句を言うジェドの声を切り捨てた。それを見て、アドの顔が赤くなる。

「殿下、なんか今変なこと考えたでしょ」

「そんな訳ないだろう」

「義姉上《あね》、危険だから兄上から離れましょう」

ジェドに続いて、ヴァンまでもが私に言ってくる。本当に私の弟分たちは可愛い天使だ。

「私が離れたらアドが危険でしょ」

天使の誘惑にも負けず、私はきっぱりと言ったのだ。

「いや、そんなことはないでしょう。騎士もいますし」

「騎士がいても守れなかったじゃない」

「でも、義姉上《あね》の前でも矢に射られたじゃないですか」

ヴァンの余計な一言に、あの時の無力さを思い出して嫌な気持ちになる。

「死角があったからじゃない。だから、できるだけ今度はこうやって守りたいのよね」

私はアドを胸の中でギュッと抱きしめたのだ。

そう、これなら私が四方を見て、殺気を感じたら瞬間的に障壁を張ると同時に、爆裂魔術で攻撃もできるのだ。

「えっ!」

皆、なぜか唖然《あぜん》としている。私の守り方がすごすぎて、びっくりしているのかな?

「ちょっと姉上、何やっているんですか⁉」

私たちは真っ赤になって怒っているジェドとヴァンに無理やり引き剥がされた。

「ちょっとあんたたち、何すんのよ！」

「それを言いたいのは俺の方です。真っ昼間から何を抱き合っているんですか？」

ジェドに切られてしまった。

「だってもう、目の前であんなことは起きてほしくないんだもの」

それでも、私は言い切る。

「あの、殿下」

オーレリアンが疲れ切った声で言った。

「今日はお二人にあてられて、もう耐えられないんで、帰ります。でも、明日からは絶対にちゃんと仕事して下さいね」

そう言って、オーレリアンたちは出ていった。

「姉上、絶対に明日は帰ってきてくださいね」

うるさかった弟分たちもしぶしぶ部屋を後にした。


急に二人きりになって、私たちの間に沈黙が訪れる。

「でも、アドが無事で良かった」

私はそう言ってアドを見つめた。

「心配かけてごめん」

すると、アドが眉尻を下げて謝ってきた。

「ううん、謝らないで。これからは私がもう、二度とアドを危険な目には遭わせないんだから」

私は再度アドを胸に抱きしめていた。アドも私の背に手を回して抱きしめ返してきた。

そして、アドが私に何か言おうと顔を向ける。

私たちの目と目が合った。

その瞬間、私にはアドがとても愛おしく感じられたのだ。

そして、どちらからともなくお互いの唇がゆっくりと重なった。

それはおそらく一瞬のことだったけれど、私はこの瞬間、この幸せが永遠に続いてくれれば良いと思ったのだった。

この作品に対する皆様のご意見・ご感想をお待ちしております。

おハガキ・お手紙は以下の宛先にお送りください。

【宛先】

　〒150-6008 東京都渋谷区恵比寿 4-20-3 恵比寿ｶﾞｰﾃﾞﾝﾌﾟﾚｲｽﾀﾜｰ 8F
（株）アルファポリス　書籍感想係

メールフォームでのご意見・ご感想は右のＱＲコードから、
あるいは以下のワードで検索をかけてください。

アルファポリス　書籍の感想　検索

ご感想はこちらから

本書は、「アルファポリス」（https://www.alphapolis.co.jp/）に掲載されていたものを、
改題、改稿、加筆のうえ、書籍化したものです。

悪役令嬢《あくやくれいじょう》に転生《てんせい》したけど、婚約破棄《こんやくはき》には興味《きょうみ》ありません！

～学園生活《がくえんせいかつ》を満喫《まんきつ》するのに忙《いそが》しいです～

古里（ふるさと）

2023年 7月 5日初版発行

編集－徳井文香・森 順子
編集長－倉持真理
発行者－梶本雄介
発行所－株式会社アルファポリス
　〒150-6008 東京都渋谷区恵比寿4-20-3 恵比寿ｶﾞｰﾃﾞﾝﾌﾟﾚｲｽﾀﾜｰ8F
　TEL 03-6277-1601（営業） 03-6277-1602（編集）
　URL https://www.alphapolis.co.jp/
発売元－株式会社星雲社（共同出版社・流通責任出版社）
　〒112-0005 東京都文京区水道1-3-30
　TEL 03-3868-3275
装丁・本文イラスト－11ちゃん
装丁デザイン－AFTERGLOW
（レーベルフォーマットデザイン－ansyyqdesign）
印刷－図書印刷株式会社

ISBN978-4-434-32203-7 C0093